TIME
ROULETTE
타임룰렛

TIME Roulette 타임룰렛 12

초판 1쇄 인쇄일 2018년 5월 16일 | **초판 1쇄 발행일** 2018년 5월 21일

지은이 최예균 | **펴낸이** 곽동현 | **담당편집 팀장** 이범수
편집부 홍현주 정요한

펴낸곳 (주)조은세상 | **출판등록** 제 2002-23호
주소 경기도 연천군 미산면 청정로 1355
TEL **편집부** 02)587-2966 | FAX 02)587-2922
e-mail bukdu@comics21c.co.kr

최예균 ⓒ 2017
ISBN 979-11-6171-843-9 | ISBN 979-11-6171-108-9(set) | 값 8,000원

TIME
ROULETTE

타임룰렛12

최예균 현대판타지 장편소설
NEO MODERN FANTASY STORY

CONTENTS

CONTENTS

TIME ROULETTE
타임룰렛

Chapter 129. 사건의 열쇠

꿀꺽− 꿀꺽−

냉장고에서 꺼낸 생수 한 통을 비우자 답답했던 속이 좀
풀리는 것 같았다.

스윽− 슥−

입고 있던 가운을 벗어 던지고 욕실로 들어갔다.

샤워기에서 쏟아지는 뜨거운 물로 몸을 씻자, 혈액이 돌
며 밤사이 굳어졌던 근육이 풀려지는 것을 느낄 수 있었다.

그렇게 한참을 뜨거운 물로 씻고 나와 전날 사 둔 샌드위
치를 한입 베어 물고 TV를 켰다.

[역대 대통령 후보들은 늘 같은 말을 반복했습니다. 경제 위기를 극복하고! 취업난을 해결하며! 서민을 위한, 서민이 살기 좋은 나라를 만들겠다! 썩어 빠진 부조리를 타파하겠다!

하지만 대한민국의 역대 대통령 중에서 이를 실현한 이가 과연 있습니까? 모두 말뿐이었습니다. 그들이 내세운 공약을 지키려는 모습을 정권 초기 잠깐 보일 뿐, 결국 이룬 것은 아무것도 없지 않습니까?

하지만! 이 손태진은 다릅니다! 저 손태진은 국민들의 힘으로 이 자리까지 왔습니다. 국민들의 믿음이 있었기에 대권에 도전할 수 있었습니다. 국민 여러분…….]

때마침 TV에서는 대통령 선거에 출마한 손태진의 연설이 흘러나오고 있었다.

잠시 바라보다가 이내 리모컨으로 전원 버튼을 눌렀다.

삑—

"손태진, 당신은 과연 다를까?"

내 머릿속에 있는 손태진.

그는 여우나 늑대가 아닌 호랑이였다.

자신이 원하는 바가 이뤄지지 않는다면, 본인이 가진 이빨과 발톱으로 적이라고 생각하는 상대 모두를 물어뜯고 죽일 것이다.

"뭐, 그건 나중 일이니까."

지금은 다른 것에 신경을 쓸 여유가 없다.

당장은 내 앞에 닥친 일부터 해결하는 게 먼저였다.

강남, 체리벅스.

햇빛이 잘 드는 창가 자리에 앉아 길가를 오가는 사람들을 바라봤다.

혼자 걷는 사람, 천천히 걷는 사람, 둘이 걷는 사람, 휴대폰을 하며 걷는 사람 등등 다양한 사람들의 모습이 보였다.

"평화롭네,"

문득 '과연 저들 중 여행자란 존재가 이 세상에 있음을 알고 있는 사람이 있을까?' 라는 생각이 떠올랐다.

대다수가 아니라 전부는 모를 것이다.

일반인이 생각할 때, 여행자란 영화 혹은 드라마나 소설에서나 등장할 법한 존재였다.

"여행자로 살아가는 삶을 선택한 게 과연 잘한 일일까?"

처음에는 신이 내게 준 운명과도 같은 선물이라고 생각했다.

룰렛을 얻지 못하고 여행자가 되지 못했다면, 학비에 허덕이는 평범한 대학생으로 전전하다가 군대를 갔을 것이다.

정말 운이 좋으면, 전역 후 사법 고시에 합격했을지도 모른다.

하지만 그것은 모든 일이 잘 풀렸을 때나 가능한 일이다.

당장 등록금과 생활비조차 감당하기 힘든 상황에서, 과연 사법 고시 준비와 학교생활을 병행할 수 있었을까?

어쩌면 사법 고시를 포기하고, 학교도 졸업하지 못한 상황에서 취업 전선에 뛰어들었을지도 모른다.

그랬다면 나는 늘 내가 처한 상황을 한탄하며, 세상을 원망했을 것이다.

"그래도 그런 삶이었다면, 주변 사람이 나 때문에 다칠지 모른다는 걱정은 하지 않았을 텐데. 아니, 다치지 않았겠지."

머릿속에 차태현의 얼굴이 떠올랐다.

나를 만나지 않았다면, 그는 조금 튀는 사람일지언정 여전히 신문사에 다녔을 것이고 그렇다면 운명은 바뀌었을지도 모른다.

"꼭 바꿔야 한다."

마음속으로 다시 한 번 다짐했다.

나를 위해서, 그리고 주변 사람들을 위해서라도 지금의 미래가 일어나지 않도록 꼭 바꿔야 한다.

내 사람으로 만들었으니, 내가 지키는 게 당연했다.

우웅- 우웅-

탁자 위에 올려놓은 휴대폰으로 전화가 걸려 왔다.

발신인은 김하나였다.

[체리벅스에 도착했는데, 어디세요?]

"2층 창가 자리입니다. 왼쪽 말고 오른쪽이요."

2층 출입구에서 왼쪽으로 고개를 돌리는 김하나의 모습이 보였다.

오른쪽으로 정정을 해 주는 순간, 허공에서 김하나와 시선이 마주쳤다.

순간 당황하는 그녀의 얼굴이 내 시선에 잡혔다.

또각- 또각-

구두 소리를 내며 걸어온 김하나가 살짝 놀란 얼굴로 입을 열었다.

"외국인이었어요?"

그녀의 놀라움은 당연했다.

애초에 전화 통화를 할 때 내가 구사했던 건 영어가 아니라 한국어였다.

유창한 한국어로 통화했으니, 상대가 외국인이라고는 상상조차 못했을 것이다.

"데이비드라고 합니다. 김하나 씨, 만나서 반갑습니다."

"만나서 반가워요. 그런데 전 그쪽을 처음 보는데, 절 어떻게 아시는 거죠?"

김하나의 눈동자가 빠르게 내 위아래를 훑고 지나갔다.

특전사를 전역하고 언론인으로 활동한 지 꽤 많은 시간이 흘렀음에도, 그 기세가 사뭇 대단했다.

"일단 앉으세요."

"제 질문에 먼저 대답해 주세요."

대답을 해 주지 않으면 곧장 돌아갈 자세였다.

"정훈이에게 얘기를 들었습니다. 예전에 정훈이를 미행하다가 갈빗집 주차장에서 발각된 적이 있죠?"

김하나의 경계 태세가 풀리며, 그녀의 눈이 크게 떠졌다.

해당 내용은 앞선 메일에서 거론하지 않은 내용이었다.

내 옆으로 다가와 자리에 앉은 김하나가 말했다.

"확실히 그 내용까지 아는 것을 보면 친했던 사이는 맞나 보네요."

애써 흘러나오려는 미소를 감췄다.

과연 친하기만 했을까?

정작 그 당사자가 나인데 말이다.

"네, 아주 친한 사이였습니다. 그보다 오늘 이렇게 뵙자고 한 이유는 메일에서도 언급했듯 몇 가지 일을 묻기 위해서입니다."

"한정훈 검사님의 심장마비와 차태현 국장님의 교통사고. 맞죠?"

고개를 끄덕였다.

"내가 아는 정훈이는 결코 심장마비 같은 것에 당할 친구가 아닙니다. 그리고 그런 일이 있고 나서 3개월도 되지 않아 차태현 국장이 교통사고를 당했더군요. 물론 이 모든 게 우연이라고 생각할 수 있지만…….”

“아니요. 절대 우연히 아니에요.”

내가 말끝을 흐리자 김하나가 단호히 대답했다.

‘역시 뭔가 있어.’

예상했던 것처럼 김하나는 뭔가를 알고 있는 게 분명했다.

“어째서 우연이 아니라고 생각하는 겁니까?”

“당시 한 검사님과 차 국장님은 D.K 그룹의 대표였던 레이아 회장의 희망 재단 횡령 혐의를 조사하고 있었어요. 한 검사님이 조사를 시작하면, 차 국장님이 언론을 움직여 외부에서 압박할 계획이었죠.”

레이아의 희망 재단 횡령과 관련해서는 이미 어느 정도 알고 있는 내용이었다.

내가 조사를 시작했다고 해도 이상할 것은 없었다.

문제는 시기였다.

‘어째서 레이아를 먼저 건드렸을까? 내가 KV 그룹에게 적대적인 감정을 품고 있다는 사실은 그녀 역시 알고 있다. 그런 상태에서 레이아를 건들면, D.K와 KV라는 두 공룡과 싸워야 하는 것인데. 내가 그렇게 무모한 선택을 했다고?’

뭔가 석연치 않은 점이 있었다.

"……데이비드, 무슨 생각을 그렇게 해요?"

"아, 미안합니다. 그게 조금 이상해서 말입니다. 김하나 씨가 알고 계실지 모르겠지만, 정훈이가 첫 번째 타깃으로 삼은 대상은 따로 있었습니다."

"KV 그룹을 말하는 거죠?"

김하나 또한 KV 그룹에 원한이 있었다.

"네, 맞습니다."

잠시 주변을 둘러보던 김하나가 한층 낮아진 목소리로 입을 열었다.

"레이아를 겨냥한 건 사실 KV 그룹을 노리기 위한 포석에 지나지 않았어요."

"그게 무슨 소리입니까?"

"D.K 그룹이 KV 그룹과의 기술 협약 위반으로 패소당한 내용은 알고 계신가요?"

"물론입니다."

"사실은 그 모든 게 CEO인 레이아, 그녀의 계획이었어요."

"……!"

이건 또 전혀 생각하지 못한 전개였다.

분명 조사하기로는 D.K 그룹이 KV 그룹에게 적대적 M&A를 당한 원인은 기술 협약 위반에 대한 패소 선고에 있었다.

재단의 공금을 횡령한 것 또한 이때의 위약금으로 인해 휘청거리기 시작한 그룹을 안정화시키기 위해서라고 판단했었다.

그런데 이 모든 게 레이아의 계획이었다?

"솔직히 이해가 되지 않습니다. 그녀가 대체 뭘 위해서요?"

돈? 일반인이 상상할 수 없을 만큼 많다.

명예? D.K 그룹은 전 세계적인 IT 기업이다.

당연히 안성우와 함께 밑바닥부터 그룹을 일군 레이아의 명예는 결코 작지 않았다.

권력? 인맥은 곧 권력이란 말이 있다.

일개 민간인을 구조하기 위해 국내에 상주하고 있는 미군마저 움직이려고 했던 걸 생각해 보면, 어지간한 정·재계의 인사보다 더 강한 힘을 갖고 있다고 할 수 있었다.

그런 그녀가 대체 무엇 때문에 KV 그룹과 손을 잡고 그런 일을 벌였을까?

김하나가 어두워진 얼굴로 입을 열었다.

"거기까지는 저도 듣지 못했어요. 다만 차 국장님 말씀에 따르면, 그 레이아라는 사람에게는 그녀 자신보다 더 소중하게 여기는 사람이 있다고 했어요. 그리고 그와 같은 일을 저지른 것도 그 사람 때문이라고 했고요."

"그 사람?"

레이아에게 있어 그 사람이라고 할 존재는 하나밖에 없었다.

"안성우."

"네?"

"D.K 그룹의 초대 회장입니다."

"아! 그러고 보니 저도 기사에서 본 적이 있어요. 분명 일신상의 이유로 회장 자리에서 물러났다는……."

D.K 그룹이 KV 그룹과 손을 잡은 이후, 난 자연스럽게 안성우와 연락을 끊었다.

미안함 때문이었을까?

안성우 또한 그 뒤로 내게 연락하지 않았고, 시간이 조금 더 흐르고 난 뒤에는 회장의 자리에서 물러났다는 기사를 봤다.

그때는 마음고생을 많이 했기 때문에 그저 휴식을 취하기 위함이라고 생각했다.

그런데 말이다.

만약 안성우가 회장 자리에서 물러난 게 그의 의지가 아니었다면 어떨까?

내가 모르는 뭔가가 있어서, 안성우가 어쩔 수 없이 회장의 자리에서 물러난 것이라면?

'그리고 그 뭔가에 KV 그룹이 연관되어 있는 것이라면?

의문이 꼬리에 꼬리를 물고 이어지며, 의심스러운 정황들이 하나둘 잡히기 시작했다.

그러고 보니 이상하긴 했다.

D.K 그룹은 안성우가 평생 동안 일군 기업이었다.

그렇기 때문에 안성우가 D.K 그룹과 관련된 권한을 내게 넘기려고 했을 때, 레이아가 그렇게 화를 내며 반대했던 것이다.

자신이 사랑하는 남자가 평생 동안 이룬 것을 생전 처음 보는 남에게 주려고 했으니, 그녀의 심정도 충분히 이해가 갔다.

그런데 그런 그룹을 마찬가지로 생판 남인 KV에게 넘긴다?

내가 아는 레이아라는 사람은 결코 그런 존재가 아니었다.

"만약…… 정말 만약이지만…… 혹시라도 KV 그룹이 안성우의 약점을 잡았고, 그것 때문에 그녀가 어쩔 수 없이 휘둘린 것이라면……."

레이아, 그녀는 안성우를 위해서라면 D.K 그룹보다 더한 것이라도 포기했을 것이다.

김하나가 고개를 갸웃거렸다.

"그게 무슨 소리예요?"

"죄송하지만, 한 가지 물어보고 싶은 게 있습니다. KV

그룹이 D.K 그룹을 향해 적대적 M&A를 시도할 당시 분위기가 어땠는지 기억하십니까? 당시 회장이었던 레이아의 반응이나 그런 것 말입니다."

안타깝게도 거기에 대한 상황까지는 미처 검색해 보지 못했다.

아니, 검색한다고 해도 직접 그 상황을 겪은 게 아니라면 객관적으로 판단하기 어려울 것이다.

"그때 저도 취재를 나가긴 했지만 별다른 건 없었어요. 이미 재정적으로 상황이 많이 기울어서 그런지, D.K 그룹 쪽에서는 너무 쉬울 정도로 모든 걸 포기하고 받아들였어요. 그 때문에 KV 그룹에서 적대적 M&A를 선포하기 전에, 이미 내부적으로 어느 정도 얘기가 된 게 아닌가 하는 추측들이 무성했어요. 물론 그에 대해서 D.K 그룹이나 KV 그룹 모두 어떠한 입장 표명도 하지 않았지만요."

"언론을 움직이거나 다른 곳에서 돈을 끌어오려는 움직임도 없었습니까?"

"네, 맞아요."

김하나의 설명을 들으니 이제야 어느 정도 사건의 윤곽이 잡히는 것 같다.

'아무래도 은퇴한 안성우에게 무슨 일이 생긴 게 분명해.'

그렇게 된다면 지금까지 이해되지 않던 사건의 앞뒤가 모두 맞아떨어지게 된다.

레이아 그녀는 강철의 여인이었다.

하지만 안성우를 위해서라면, 모든 것을 포기할 여성이 기도 했다.

"……안성우를 찾아야겠어."

"안성우 회장을요?"

김하나가 놀란 얼굴로 반문했다.

"네. 그래서 그런데, 혹시 안성우 회장이 현재 어디에 머물고 있는지 알 수 있겠습니까?"

지금 상황에서 내가 움직일 수 있는 사람이라고는 김하나뿐이었다.

어려운 부탁인 줄 알면서도 부탁할 수밖에 없었다.

"죄송하지만, 그건 어려울 것 같아요."

"역시 그렇습니까?"

"포기가 너무 빠르신 거 아니에요? 어렵다고 했지 불가능한 건 아니랍니다."

"네?"

김하나가 미소를 지으며 말을 이었다.

"한빛 일보에서 지낸 3년 동안 많은 것을 배웠어요. 그 정도는 충분히 할 수 있답니다. 게다가 이번 일은 두 사람의 죽음에 대한 의문스러운 점을 밝히기 위해서잖아요? 한 식구였던 제가 어떻게 모른 척을 하겠어요. 저도 최선을 다해서 도와 드릴게요."

"정말 감사합니다."

감사하다는 말은 진심이었다.

이래서 사람의 인연이란 게 참 신기한 것 같다.

5년 전, 그 짧았던 만남이 이런 식으로 다가올 줄은 당시에는 상상도 못 했으니까.

스윽—

방긋 웃은 김하나가 가방을 들고 자리에서 일어섰다.

"그럼, 안성우 회장의 행방을 찾게 되면 또 연락드릴게요. 오랜만에 바쁘게 움직여야겠네요."

"일이 잘되면, 제가 맛있는 밥 사 드리겠습니다."

"그 약속이 꼭 지켜질 수 있으면 좋겠네요. 그럼, 다음에 봐요."

고개를 가볍게 숙인 김하나가 카페의 입구를 향해 걸어갔다.

그녀가 사라질 때까지 뒷모습을 바라보다가 시선을 다시 휴대폰으로 돌렸다.

"……안성우를 찾으면 자연스레 레이아 역시 만날 수 있겠지. 그 반대가 될 수도 있고. 그리되면, 두 사람과 KV 그룹 사이에 무슨 일이 일어났는지도 알 수 있을 거야. 문제는 이번 일을 김하나에게만 전적으로 맡겨서는 안 된다는 건데……."

김하나를 믿지 못해서가 아니다.

동물로 비유하자면 그녀는 코끼리 같은 존재다.

코끼리는 풀을 뜯어 먹고 사는 초식동물이다.

그럼에도 일개 개인이 지닌 강대한 힘은 먹이사슬 중에서 최고라 할 수 있었다.

그렇기 때문에 그 어떤 육식동물도 코끼리에게 일대일로 싸움을 걸지는 않는다.

하지만 그만큼 강력하기 때문에 천성이 비겁할 줄 모르고 또 치사하지 못한다.

평소라면 장점이라 할 수 있는 점이지만, 지금처럼 시간이 부족한 상황에서는 치명적인 단점으로 작용할 수 있다.

빠르게 정보를 수집하고 원하는 것을 얻기 위해서라면, 때로는 수단과 방법을 가리지 않는 잔혹함도 필요했다.

굳이 따지자면, 하이에나 같은 녀석들처럼 말이다.

드륵–

의자를 뒤로 밀어 자리에서 일어섰다.

"그럼, 하이에나들부터 찾으러 가 보자고."

명동.

5년의 세월이 흘렀지만, 서울의 중심 거리는 여전했다.

다양한 외국어로 적힌 간판이 즐비했고, 마치 성수기의

해수욕장처럼 길가는 인파로 가득했다.

하지만 그만큼 외국인 역시 많았기 때문에 주변의 눈치를 신경 쓸 필요가 없었다.

"흠, 여기 어디쯤일 텐데."

명동 시내의 간판만 살피며 돌아다닌 지 1시간 정도 됐을까?

피곤하다는 생각이 들 무렵, 낡은 빌딩에 걸린 변색된 간판 하나가 보였다.

[인생 전당포]

"찾았다."

1시간 가까이 명동을 돌아다녔던 건 바로 지금의 전당포를 찾기 위해서였다.

깜빡거리는 복도의 불빛을 지나 3층으로 올라서니, 군데 군데 페인트칠이 벗겨진 녹슨 철문이 보였다.

그 옆에는 밖에서 봤던 것처럼 인생 전당포라는 글자가 적힌 나무 현판이 걸려 있었다.

"운이 좋으면 이곳에서 두 사람에 대한 흔적을 찾을 수도 있겠지."

현판을 바라보니 케빈과 박무봉의 얼굴이 다시 머릿속에 떠올랐다.

차태현과 더불어 내 측근이었던 두 사람은 나를 위해서 움직였지만, 성격만큼은 극과 극이었다.

케빈이 호기심으로 똘똘 뭉쳤다면, 군인 출신인 박무봉은 매사에 신중하고 조심스러운 성격이었다.

이 때문에 두 사람에게 일을 맡기더라도, 될 수 있다면 같은 방향의 일을 동시에 추진하게 하지 않았다.

성격이 정반대이기 때문에 자칫 서로의 감정이 상할 수도 있기 때문이었다.

그런 두 사람이 함께 일을 시작하고 1년 정도가 지났을 무렵, 처음으로 입을 모아 같은 의견을 낸 적이 있다.

[보스, 청소부가 필요해요.]
[음지에서 움직일 사람들이 있어야 합니다.]

입에서 나온 단어는 달랐지만, 의미하는 바는 동일했다.

간단히 말해서 더러운 일을 전문적으로 해결해 줄 사람이 필요하다는 뜻이었다.

두 사람의 공통된 의견에 따르면, 앞으로 진행하는 일의 규모가 커질수록 내가 원하든 원하지 않든 온갖 더러운 날파리들이 모여들 것이라는 의미였다.

그런 날파리들을 처리하는 데 일일이 보검을 휘두를 수는 없으니, 스프레이처럼 사용 가능한 청소부 또는 해결사를 미리미리 준비해 두자는 것이었다.

충분히 일리가 있는 의견이었다.

그 때문에 두 사람의 도움을 받아 음지에서 나름대로 이름 있는 사람을 찾아 만든 곳이 바로 내 눈앞에 보이는 인생 전당포였다.

평상시에는 물건이나 신용을 담보로 적당한 금리에 돈을 빌려주는 업무를 보지만, 필요한 때에는 해결사로 임무를 수행하는 것이다.

"후우. 자, 그럼."

똑– 똑–

철문을 두드리자 안쪽에서 걸쭉한 남성의 목소리가 들려왔다.

"문 열렸수다. 들어오슈!"

철컥–

문을 열고 안으로 들어서자 온갖 잡다한 냄새가 코끝으로 들어왔다.

홀아비 냄새는 물론 술 냄새와 음식 냄새.

거기에 곰팡이 섞인 물 찌든 냄새는 추가였다.

비위가 약한 사람이었으면 숨을 들이마시는 순간 당장 헛구역질했을 것이다.

후루룩– 후루룩–

그런 냄새에도 불구하고, 사무실에는 두 명의 중년 남성이 테이블 위에 자장면과 탕수육을 놓은 채 배갈을 마시고 있었다.

한 명은 대략 30대 초반, 다른 한 명은 20대 후반으로 보였다.

두 사람 모두 덩치와 체구가 거대한 것이 어지간한 사람은 기세만으로 누를 정도였다.

아니, 젓가락질을 할 때마다 꿈틀거리는 팔뚝의 문신만으로도 평범한 사람은 시선을 피할 것이다.

30대로 보이는 남성이 나를 위아래로 훑어보고는 맞은편의 사내를 쳐다봤다.

"얼씨구? 양키가 여기는 뭔 일이래?"

"아따! 형님. 요새는 그 뭣이냐! 글로벌 시대 아닙니까? 양키도 돈이 궁하니까 왔겠죠."

"음마야. 글로벌 시대? 너 그렇게 말하니까 겁나 유식해 보인다."

"제가 그래도 고등학교는 쪼까 다니지 않았습니까?"

"새끼, 1년 다닌 것 가지고 쪼개기는."

낄낄거리는 두 사람을 바라보고 있으니, 한숨이 절로 나왔다.

"후우."

케빈과 박무봉에게 청소부, 일명 해결사들을 만드는 것을 허락하긴 했지만, 그렇다고 해서 이런 양아치들을 원했던 것은 아니었다.

하지만 이내 고개를 흔들었다.

어차피 내가 찾고자 하는 인물은 이들이 아니었다.

"이보슈. 거기 그렇게 서 있지 말고 이리 오슈."

"형님, 그렇게 말해서 알아듣겠습니까? 헤이, 두 유 니드 머니? 컴 온!"

두 사람을 향해 걸음을 옮기자 형님이란 불린 사내가 눈살을 찌푸렸다.

"아따, 가까이서 보니 더럽게 크네. 그 앉으라는 말이 씻다운이냐?"

"음메. 우리 형님 영어도 할 줄 아슈?"

"짜식, 이 정도야 기본이지. 어이, 양키. 씻 다운, 씻 다운."

까닥거리는 손짓에 다물고 있던 입을 열었다.

"한국말로 해도 됩니다."

유창한 한국어 발음에 두 사람의 얼굴이 동시에 일그러졌다.

"……저놈 뭐냐?"

"거 한국말 기똥차게 잘하네요."

"그러게 말이다. 근데 기분이 쪼까 껄쩍지근하네잉. 한국말 할 줄 알면, 진즉 할 것이지. 엉?"

"원래 양키 새끼들이 재수가 없다 아닙니까?"

인상을 찌푸리는 둘을 뒤로하고 그들이 처음 권했던 자리에 앉았다.

"김태수."

세 글자의 이름을 내뱉는 순간 두 사람의 얼굴이 굳어졌다.

'일단 한시름 놨군. 이 사람들이 알고 있는 이름이야.'

김태수는 이곳 인생 전당포를 만들 당시 총책임자로 보고 받았던 인물이었다.

목포 건달 출신인 김태수는 자신을 따르는 동생 10명을 이끌고 서울로 올라와, 맨주먹으로 명동에 터를 잡은 입지전적인 인물이었다.

온갖 텃세가 심한 이 바닥에서 이러한 성과를 거둘 당시의 그는 겨우 25살에 불과했다.

21세기에 무슨 건달이냐고 할 수 있겠지만, 사람이 사는 세상에는 양지가 있으며 항상 음지가 있기 마련이었다.

또한 태어나면서부터 남들과는 다른 특출한 재능, 그중에서도 주먹의 재능을 타고난 인물들이 어린 시절 조금만 삐뚤게 성장하면 들어설 수밖에 없는 길이 바로 건달의 세계였다.

일찍이 부모를 여의고 홀로 살아야 했던 김태수 역시 그런 케이스였다.

"전당포 주인. 김태수 씨를 만나러 왔습니다. 그는 지금 어디에 있습니까?"

최대한 마찰을 피하기 위해 정중한 어조로 말했다.

탁!

20대 후반의 사내가 손에 들고 있던 젓가락을 내려놓으며 말했다.

"처음 보는 외국인이 우리 큰형님을 무슨 일로 찾는다냐?"

"그건 김태수 씨를 만나 뵙고 말씀드리겠습니다."

"뭣이여?"

박무봉과 케빈의 존재를 아는 사람은 김태수 혹은 그의 최측근일 뿐이다.

그에 비해, 지금의 내가 본래의 능력을 사용할 수 없음에도, 내 눈앞의 두 사람은 김태수의 측근이 아님을 한눈에 알 수 있었다.

굳이 급을 따지자면 중간보다 아래라고나 할까?

당연히 아무것도 모르는 이들에게 모든 상황을 일일이 설명할 수 없는 노릇이었다.

후르륵– 후르륵–

형님이라 불린, 자리에 앉아서 자장면을 흡입하던 자가 시선을 내게 돌렸다.

그러면서 앞에 놓인 배갈을 크게 한 모금 들이켰다.

"크하! 우리 큰형님 이름을 뚫린 주둥이라고 그렇게 함부로 지껄이면, 동생들인 우리가 기분이 나쁘지. 이유도 말

안 하고 말이여. 성재야, 안 그러냐?"

"그라지예."

성재라고 불린 이가 고개를 끄덕였다.

"내 동생 말 들었는가? 그러니까 지금부터 우리 큰형님을 왜 찾는지 소상히 그리고 아주 자세히 말해야 할 것이여. 그렇지 않으면, 쪼까 다칠 수 있을 있을 테니께. 한국말 잘 알아듣지? 두 유 노우 팍팍 말이여. 팍팍!"

형님이란 자의 말에 자연스레 내 미간 역시 좁아졌다.

'역시 쉽게 가기는 어려운 건가? 되도록 말로 해결하고 싶었는데.'

김태수가 나름대로 난 인물이라고 해도 그건 어디까지 그에게만 해당되는 얘기일 뿐.

그의 밑에 있는 이들 또한 그러라는 보장은 없다.

결국, 이런 상황을 해결할 수 있는 방법은 하나뿐이다.

"얼씨구? 표정이 어째 영 거시기 하네? 성재야! 아무래도 저 양키 놈에게 네가 알아듣게 설명을 좀 해 줘야 쓰겠다."

"알겠습니다. 형님."

우득- 우득-

사무실 안.

고요한 뼈 울림 속에 나 또한 슬그머니 허리춤으로 손을 뻗었다.

안타깝게도 데이비드의 몸으로 이런 양아치 두 명을 상대한다는 것은 버거운 일이었다.

지금의 싸움은 죽이는 것이 아니라 제압을 목적으로 해야 하는 싸움이기 때문이다.

제압하는 과정에서 데이비드의 몸에 상처가 생길 확률이 높았다.

자칫 운이 나빠서 뼈라도 부러진다면, 일을 막 시작한 시점에서 활동 반경이 자연스럽게 축소될 수밖에 없었다.

스윽-

보이지 않는 주머니, 타임 포켓에서 강림의 비약을 꺼냈다.

〈강림의 비약〉

종류: 소모성

횟수: 0/1

설명: 1분 동안 정착자의 신체 능력에 여행자의 능력을 추가 부여합니다. 여행자가 지닌 모든 스킬을 사용할 수 있습니다.

사용 방법: 적당한 물과 함께 알약을 섭취합니다.

주의 사항: 해당 상품은 소모성으로 횟수를 모두 사용하면, 자동 소멸됩니다. 해당 비약의 효과는 중복으로 적용되지 않습니다.

TP: 800

손톱만 한 크기의 비약을 꺼내 입에 털어 넣었다.

와그작-

지속시간은 1분.

고작 1분이지만 나를 향해 의기양양한 표정을 짓고 있는 두 사람을 제압하기에는 충분하다 못해 넘치는 시간이다.

TIME
ROULETTE
타임룰렛

Chapter 130. 공포의 딱밤

    강림의 비약.

    이 비약은 일시적으로 정착자의 신체 능력에 여행자의 신체 능력을 추가 부여한다.

    여기서 주목해야 할 점은 바로 '추가 부여' 다.

    정착자의 근력이 1이고 여행자의 근력이 10이라면, 근력의 수치는 총 11이 된다.

    다시 말해서 비록 짧은 시간이지만, 인간을 초월한 능력을 발휘할 수 있다는 것이다.

[강림의 비약을 섭취하셨습니다]

[여행자 〈한정훈〉의 능력이 정착자 〈데이비드〉에게 적용됩니다.]

[일시적으로 스킬 사용이 가능해집니다.]

[강림의 비약 지속시간이 60초 남았습니다.]

[데이비드+]

영국의 외과의사.

근력: 4+16

민첩: 11+14

체력: 4+15

지력: 13+16

특성: 용기, 동화

스킬: 고속 판단, 격투술, 직감(P), 진실과 거짓, 패기, 직감(C+), 승부사.

*동기화가 낮아 확인할 수 없습니다.

바닥을 기던 스텟이 하늘 높은 줄 모르고 치솟아 올랐다.

수십 kg이 넘는 짐을 짊어지고 있다가 내던진 기분이 이러할까?

혹은 금단의 마약을 복용하면 이런 기분일까?

극한의 쾌락이 온몸을 휘감았다.

하지만 언제까지 이 쾌락에 몸을 맡기고 있을 수는 없다.

지금은 눈앞의 일을 해결하는 게 먼저였다.

"일단은 가볍게 원투로 시작하자. 양키, 원투 오케이?"

성재라 불린 20대 후반의 사내가 히죽거리고 걸어오더니 오른손으로 잽을 뻗었다.

아니, 잽이라고 부르기에도 어색했다.

뒷발은커녕 허리도 돌아가지 않은 단순한 주먹질에 불과했다.

더욱이 지금의 내 눈에는 달팽이가 기어오는 것보다도 느리게 보인다.

스윽—

슬로우 모션처럼 날아오는 주먹을 향해 내가 취한 행동은 검지를 들어 올린 것이다.

퍽!

"어, 어?"

성재가 당황한 얼굴로 자신이 내지른 주먹과 내 검지를 쳐다봤다.

그럴 수밖에 없는 것이, 지금의 상황은 현실에서 불가능한 일이었다.

마치 무협 영화의 절대고수에게서나 볼 수 있는 장면인 것이다.

"일단 한 명."

검지에 힘을 줘서 가볍게 성재의 주먹을 밀어 버렸다.

물론 가볍다는 표현은 어디까지나 내 입장일 뿐이다.

코끼리가 내딛는 한 걸음은 개미에게 있어서 지구 종말의 재앙이나 마찬가지이듯.

우당탕!

"크악!"

어깨가 뒤로 젖혀진 성재는 비명과 함께 테이블 위로 나자빠졌다.

그와 함께 자장면과 탕수육이 엎어지며 형님이라 불린 남자의 옷으로 쏟아졌다.

"이런, 시발! 마성재, 너 이 잡놈의 새끼가 뭐하는 것이여?"

아, 성이 마 씨였구나.

[강림의 비약 지속시간이 50초 남았습니다.]

고작 10초로 한 명을 제압했다.

50초면 충분하고도 넘쳤다.

"으으…… 도, 동춘 형님. 저 양키 새끼 보통이 아닙니다. 아이고, 지 어깨 빠진 것 같은데 어찌합니까?"

남은 한 명의 이름도 이제 알았다.

동춘이라 불린 사내가 마성재를 노려보더니 다시 내게로

35

시선을 돌렸다.

마치 엑스맨의 사이클롭스처럼 눈에서는 레이저라도 뿜어낼 기세였다.

"이 양키 새끼가 감히 내 동생을 쳐? 이 곽동춘이 동생을 건드렸다 이거지? 니는 오늘이 제삿날인 줄 알아라."

항상 느끼지만, 어째서 먼저 폭력을 행사한 쪽이 화를 내는 것일까?

쾅!

곽동춘이 신경질적으로 테이블을 발로 차며 내게 달려들었다.

확실히 그 움직임이 동생인 마성재보다는 힘이 있어 보였다.

하지만 그뿐이었다.

곽동춘이 주먹을 날리기 전에 내가 한 걸음 먼저 앞으로 나섰고 거리는 순식간에 좁혀졌다.

놀란 곽동춘을 뒤로하고 왼손을 들어 보였다.

구부려진 왼손의 중지 손톱 부분을 엄지가 누르고 있는 동그라미 형태, 일명 딱밤의 자세였다.

딱밤을 보고 당황하는 곽동춘을 향해 최대한 자상한 목소리로 입을 열었다.

"오른손으로 맞으면 죽을지도 모르니까."

"그게 무슨 개 같은……."

곽동춘의 말이 끝나기 전, 그대로 그의 이마를 향해 왼손의 딱밤을 날렸다.

물론 최대한 힘을 뺀 상태였다.

딱!

아주 경쾌하면서도 맑은 소리가 사무실 전체에 울려 퍼졌다.

그리고 그 뒤를 이어 찾아온 건 처절할 정도의 괴로움이 섞인 비명이었다.

"끄아아! 내 이마! 으아아!"

이마를 양손으로 부여잡은 곽동춘이 몸을 튕기듯 뒤로 젖히며 넘어졌다.

바닥에 엎질러진 음식물이 옷에 잔뜩 묻었다.

그러나 곽동춘은 이마를 부여잡은 채 고통에 몸부림칠 뿐, 차마 닦을 생각도 못 하고 있었다.

겨우 딱밤 한 대에 왜 이렇게 과민반응이냐고?

튼튼하기 짝이 없는 SUV 차량도 코끼리 코 한 번이면 차체가 일그러진다.

지금 곽동춘이 부여잡은 이마는 SUV였고 내 딱밤은 코끼리 코와 다를 바가 없었다.

"혀, 형님?"

"으아아!"

"괜찮으십니까? 아니, 아무리 그래도 어떻게 딱밤 한 방에……."

동생인 마성재가 보기에도 어이가 없었나 보다.

이마를 부여잡던 곽동춘이 양손을 치우고 마성재를 노려봤다.

그사이 빨갛게 충혈된 눈에는 눈물이 그렁그렁 맺혀 있었다.

뿐만 아니라 딱밤을 맞은 자리는 빨갛게 피멍이 든 혹이 올라와 있었다.

"혀, 형님…… 이마가……."

혹을 발견하고 뒤늦게 놀라는 마성재를 향해 곽동춘이 으르렁거렸다.

"닥쳐라 마! 니는 고작 손가락 하나에 나가떨어지지 않았나?"

"그, 그거야……."

고개를 숙인 마성재가 슬그머니 나를 바라봤다.

곽동춘 역시 마찬가지였다.

바보가 아닌 이상에야 지금의 상황이 석연치 않다는 것을 느끼지 못할 리 없었다.

게다가 그들이 사는 세상은 약육강식.

약하면 강자에게 잡아먹히는 곳이다.

살기 위해서는 눈치가 필수였다.

'그래도 이왕 시작한 거 초장에 기를 확 꺾을 필요가 있지.'

기선은 충분히 제압했다.

하지만 절대 건드려서는 안 될 상대라는 인식을 확실하게 심어 줘야 한다.

그래야 〈강림의 비약〉 효과가 끝나도 허튼 생각을 품지 않을 것이다.

저벅- 저벅-

한 걸음 앞으로 옮기자 두 사람이 본능적으로 몸을 떨며 뒷걸음질 쳤다.

내 시선은 두 사람을 지나쳐 철로 만들어진 테이블로 향했다.

조잡하게 만들어져 있기는 했지만 제법 두꺼운 것이, 지금 상황에서 사용하기에는 딱 적당할 것 같았다.

"지금부터 제대로 대답하지 않으면, 다음에는 이렇게 되는 겁니다."

조금 전 왼손과 마찬가지로, 이번에는 오른손으로 딱밤 자세를 취했다.

그리고 살짝 진심을 담아 철제 테이블을 향해 딱밤을 날렸다.

쾅- 빠직! 와장창!

"헉……."

"딸꾹."

처음에는 무슨 미친 짓인가 하고 철제 테이블을 바라보던 곽동춘과 마성재가 헛바람을 삼켰다.

놀라는 것도 무리는 아니었다.

딱밤 한 번으로 두꺼운 철제 테이블이 그대로 박살이 나 버렸기 때문이었다.

곽동춘은 반사적으로 자신의 이마를 양손으로 크게 가렸다.

사람의 두개골이 철보다 단단할 수는 없다.

그는 지금 '만약 자신이 오른손으로 딱밤을 맞았다면?' 이라는 상상을 하고 있을 것이다.

등골이 절로 서늘할 게 분명했다.

[강림의 비약 지속시간이 30초 남았습니다.]

다시 시선을 돌려 두 사람을 쳐다봤다.

압도적인 힘을 경험했기 때문일까?

확실히 그들의 눈빛에 공포가 어려 있었다.

그러나 힘에 의한 공포는 시간이 지나면 금세 지워지기 마련이었다.

그렇게 되지 않으려면 계속해서 그 압도적인 힘을 보여 주면 되지만, 이제 내게 남은 비약은 하나뿐이었다.

'이건 정말 만약의 상황을 대비해서 사용해야 하니까.'

비약을 사용하지 않는 상황에서, 두 사람에게 지워지지

않는 공포를 심어 줄 방법은 하나뿐이었다.

육체적인 능력 말고도 강림의 비약을 통해 사용할 수 있는 또 다른 능력.

그건 바로 스킬이었다.

〈패기〉

고유: Passive

등급: A+

설명: 어떤 어려운 일이라도 이겨 내는 강인하고 굳센 힘과 정신입니다.

수많은 암살 위협과 불행에도 불구하고 포기하지 않고 주변과 스스로를 이겨 내어 끝내 왕좌에 오른 이산의 고유 특기입니다.

효과: 자신이 지닌 기운으로 상대를 일시적 무력화 상태에 빠트립니다. 기운의 차이에 따라서 무력화 상태의 차이가 달라집니다. 단, 자신보다 강한 기운과 의지를 지닌 상대에게는 통하지 않습니다.

마음을 굳히고 곽동춘과 마성재 두 사람을 향해 패기를 사용하겠다는 의지를 일으켰다.

[스킬 패기를 사용합니다.]

[대상에 비해 사용자의 격(格)이 압도적입니다.]
[패기의 효과가 300% 증가합니다.]

패기가 실패한 적은 있었지만, 이렇듯 압도적인 효과를 발휘한 적은 처음인 것 같다.

하긴 지금 데이비드의 전체 능력은 두 사람에 비해 적게는 5배에서 많게는 10배까지 높을 것이다.

애초에 능력을 보여 주는 수치는 단순히 1+1=2가 아니라 1+1=2+α와 같은 구조를 갖고 있기 때문이었다.

"으, 으아……."

"아으으……."

패기에 직격으로 노출된 두 사람이 몸을 떨며 알 수 없는 비명을 내질렀다.

[강림의 비약 지속시간이 15초 남았습니다.]

스윽―

몸을 낮춰 그들과 눈높이를 맞췄다.

"지금부터 두 사람은 내가 묻는 말에 진실만 대답합니다."

"으으……."

"진실만 대답합니다. 알겠습니까?"

다시 한 번 강한 어조로 물었다.

그러자 뒤늦게 정신을 차린 두 사람이 고개가 부서져라 끄덕였다.

"아, 알겠습니다."

"뭐, 뭐든지 진실만 말하겠습니다."

곽동춘과 마성재의 대답에 그제야 내 입가에도 미소가 생겼다.

남들에게는 보이지 않지만, 지금의 내게는 똑똑히 보인다.

내가 가진 또 하나의 스킬.

〈진실과 거짓〉

고유: Passive

등급: A

설명 : 태어나서부터 자신이 가진 돈을 노리고 접근하던 사람들로 인해 숱한 배신을 당하고 끊임없이 주변의 사람을 의심해야 했던 송지철의 고유 특기입니다.

효과: 상대의 말에 집중하고 있을 경우 진실과 거짓을 구분할 수 있습니다.

대상이 하는 말이 진실일 경우에는 몸에서 파란색의 기운이, 거짓일 경우에는 붉은색의 기운이 강합니다.

〈진실과 거짓〉 스킬로 바라보는 두 사람의 몸은 전신 가득 푸른 기운이 서려 있었다.

그리고 그 기운을 확인하는 것을 끝으로 또 한 번의 시스템 메시지가 들려왔다.

[강림의 비약 지속시간이 종료되었습니다.]

동시에 온몸에서 끓어넘치던 힘이 사라지며, 깊은 탈력감이 전신을 덮쳐 왔다.

누군가가 갑작스레 내 어깨 위에 태산을 올려놓은 느낌이다.

아니, 도저히 빠져나올 수 없는 늪에 발을 담근 것도 모자라 압도적인 중력의 힘이 날 짓누르는 것 같다.

'기분 참 거지 같네.'

당장이라도 타임 포켓에서 중급 강림의 비약을 꺼내서 먹고 싶었다.

그렇다면 조금 전과 같은 압도적인 힘을 느낄 수 있을 것이다.

마치 절대적인 초월자가 되어 세상을 내려다보는 그런 기분 말이다.

'……이래서 한번 마약에 손을 댄 사람이 쉽게 약을 끊지 못하나 보네.'

졸지에 약을 하는 사람의 심정이 이해가 됐다.

질끈–

무력감을 이기고자 혀를 깨물었다.

비릿한 피 맛이 입 안 가득 올라오자, 약에 취해 있던 기분이 서서히 가라앉는 게 느껴졌다.

그러는 사이에도 곽동춘과 마성재는 겁먹은 얼굴로 날 바라보고 있었다.

강림의 비약 효과는 끝이 났지만, 끝나기 전 발동한 스킬의 효과는 남아 있기 때문이었다.

꿀꺽–

입 안에 고인 피를 삼키고 입을 열었다.

"자, 그럼 이제 다시 묻겠습니다. 김태수 씨는 지금 어디에 있습니까?"

"큰형님은 지금 병원에 계십니다."

대답은 마성재에게서 흘러나왔다.

"병원? 어디가 아픈 겁니까?"

되물음에 마성재가 고개를 푹 숙였다.

그리고 뒤이어 흐느낌이 들려왔다.

"흑…… 흑흑."

다 큰 성인이 우는 모습을 바라보는 것만큼 불편한 일도 없다.

하지만 마성재의 울음에서는 많은 것들이 전해져 왔다.

그 대표적인 감정은 바로 서러움이었다.

"무슨 일이 있던 겁니까?"

"……태수 형님께서는 거의 반병신이 된 채 병원에 계십니다. 혼자서는 제대로 거동할 수도 없고, 진통제가 없으면 고통 때문에 잠도 제대로 못 주무실 정도입니다."

"……."

곽동춘의 얘기를 들으니 상황이 생각보다 더 심각한 것 같았다.

"이게 다 장 실장 그 개놈의 새끼 때문입니다! 그 죽일 놈의 새끼!"

흐느끼던 마성재가 악에 받친 목소리로 외쳤다.

"장 실장?"

"KV 전자의 장영호 실장입니다."

곽동춘의 입에서 KV라는 단어가 나오는 순간 양미간이 절로 모아졌다.

이번 일도 KV 그룹과 연관되어 있단 말인가?

더군다나 KV 전자라면 D.K 그룹과 기술 협약을 맺은 일이 있던 계열사였다.

"그 얘기, 자세히 좀 들어 봅시다."

곽동춘이 고개를 끄덕이며 말했다.

"형님께서는 자세히 말씀하지 않으셨지만, 명동에 터를 잡고 난 뒤로 누군가 저희 형님 뒤를 봐주기 시작했다는 것

쯤은 동생인 저희도 알 수 있었습니다. 목포에서처럼 궂은 일을 하는 것도 아니고 보호비 명목으로 큰돈을 받는 것도 아닌데, 물가 비싼 서울에서 목포에서보다 더 잘 먹고 잘 지냈으니 더 말해서 무엇하겠습니까? 뭐, 간혹 이해 안 가는 일을 시킬 때도 있으셨지만, 그거야 태수 형님 말이라면 그 자리에서 배때기를 가를 놈들 천지였으니 이상하게 생각하지 않았습니다. 그런데 2년 전 그날만큼은 진짜 이상했습니다."

"2년 전 그날?"

"예. 유독 비가 많이 오는 날이었는데, 사무실로 걸려 온 전화를 받은 형님이 다짜고짜 애들을 전부 소집해 두라고 하셨습니다. 그뿐만 아니라 목포 쪽도 그렇고 연이 닿는 조직들에도 주먹 좀 쓰는 애들을 빌려 달라는 연락을 돌리라고 하셨습니다."

마성재가 옆에서 재빨리 말을 이었다.

"저, 저도 기억합니다. 그때 인천은 물론이고 창원이랑 천안, 경주, 마포 애들한테도 연락 다 돌렸다 아닙니까?"

"서울을 놓고 전쟁이라도 벌이려고 한 건가?"

곽동춘이 고개를 저었다.

"아닙니다. 세상이 어떤 세상인데요. 영화나 드라마에서처럼 애들 모아서 지역구 먹겠다고 주먹질하면, 그날로 모두 짭새한테 끌려가서 철창신세입니다. 건달도 이제는 정상적으로 상가나 건물 매입해서 세주고 관리하는 식으로 먹고삽니다. 다만 좀 싸게 사고 비싸게 받을 뿐이죠. 암튼, 전쟁 그런 건 아니었습니다. 그런 거였으면 그렇게 연락을 돌리라고 말씀하시고 태수 형님께서 혼자 사라지시지는 않으셨을 겁니다."

곽동춘의 설명을 들으니 확실히 이상하긴 했다.

전쟁을 위해서였다면, 자기 휘하의 동생들은 물론 타 지역의 건달들까지 모으라고 해 놓고 그의 말대로 사라지지는 않았을 것이다.

"그보다 아까 장영호 얘기는 뭡니까?"

"그날 형님이 막둥이만 데리고 사라지셨는데. 막둥이 얘기로는 그 장영호 개새끼랑 만나는 것까지 확인하고 형님이 돌아가라고 하셔서 돌아왔답니다. 그런데 그 뒤로 형님이랑 연락이 안 돼가지고 애들을 다 풀어서 찾으니, 다 쓰러져 가는 시골 병원에서 반병신이 되셔서 누워 계신 게 아닙니까? 모르긴 몰라도 조금만 늦었어도 그곳에서 송장이 되셨을 겁니다."

"⋯⋯."

"후우. 그 뒤로 사업체 정리하고 건물 팔고 해서 간신히 목숨줄만 붙잡고 있습니다."

상황은 대충 알았다.

하지만 궁금증이 풀린 건 아니었다.

"그 장영호라는 사람은 만나 봤습니까? 김태수 씨가 마지막에 만난 사람이 그라면, 왜 그렇게 됐는지 알고 있을 확률이 높을 텐데요?"

이건 이미 만나 봤으리라는 확신을 갖고 던진 질문이었다.

조금 전 마성재의 반응을 보면, 모르긴 몰라도 연장이라도 챙겨서 장영호를 만나러 갔을 것이다.

그런 내 예상은 틀리지 않았다.

"당연히 만나러 갔지요. 그 새끼 모가지를 따 버리겠다, 배때기를 쑤셔 버리겠다, 사지를 분질러 버리겠다고 하면서 형님들이 찾아갔습니다. 근데 마 대한민국 재벌 대단하더라고요. 그사이에 어디 외국에서 경호원이라도 고용했는지, 만나러 간 형님들 다 병신 되어 버리고. 기다렸다는 듯 짭새들이 들이닥쳐 가지고 전부 감방에 처넣어 버렸습니다. 나중에 큰형님이 깨어나셔서 그나마 있던 돈들 동생들에게 다 나눠 주고 더는 그쪽으로 오줌도 갈기지 말라고 하더이다. 젠장."

지독한 한탄이었다.

두 사람을 물끄러미 바라보다가 물었다.

"큰형님이었던 김태수 씨가 그렇게 되고 형님이란 분들도 감옥에 들어갔으면, 조직이 와해된 것이나 마찬가지인데. 두 사람은 왜 이러고 있는 겁니까?"

수천수만이 모인 기업은 회장이나 부회장, 임원들이 사망하거나 구속된다고 해서 쉽게 망하지 않는다.

이미 그 체계와 시스템이 몇 사람에 의해 좌지우지될 정도가 아니기 때문이었다.

그러나 수십 단위의 작은 조직은 다르다.

특히 힘의 논리를 바탕으로 세워진 조직은 만들기도 쉽지만, 망하기도 쉬운 법이었다.

마성재가 망설이지 않고 대답했다.

"큰형님 치료비라도 벌어야 하지 않겠습니까?"

곽동춘이 고개를 끄덕인다.

"성재 말이 맞습니다. 자기가 그렇게 되고도 동생들 앞날이 걱정된다고, 형님이 있는 돈 없는 돈 다 털어서 줘 버렸습니다. 정작 자기 치료비도 안 남겨 놓고 말입니다. 당장 그대로 두면 병원에서 쫓겨날 텐데 동생들인 우리가 치료비라도 대야 하지 않겠습니까?"

"그라지예! 한번 형님은 영원한 형님인데. 동생인 우리가 모셔야지라."

두 사람의 대답에 이상한 기분이 들었다.

내 눈에 비친 곽동춘과 마성재는 그냥 단순한 양아치들이었다.

그런데 하는 얘기를 들어 보면, 이들도 이들 나름의 의로움이 있었다.

상황을 조금 바꿔서 생각해 보자.

자신이 다니던 직장의 사장이 졸지에 망해서 병원에 입원한다고 하면, 과연 누가 자신의 사재를 털거나 돈을 벌어서 그 사장의 병원비를 대려고 할까?

'케빈과 박무봉이 김태수를 선택한 이유가 있었네.'

단 한 번도 직접 본 적은 없지만, 김태수라는 사람이 가진 그릇의 크기가 보이는 것 같았다.

[동기화가 향상됐습니다.]

[현재 동기화는 21%입니다.]

이런 생각이 든 게 비단 나뿐만은 아니었던 모양이다.

갑작스레 3%의 동기화가 향상됐다.

지금의 상황이 데이비드에게 있어서도 어떠한 변화를 준 것일까?

이유야 어찌 됐든 내게 있어서 나쁘지 않은 상황이었다.

'흠, 결국 이번 일에도 KV 그룹이 연관되어 있다. 내 죽음과 차태현, 그리고 주변 인물을 파고들면 파고들수록 KV 그룹에 대한 얘기가 계속 흘러나오고 있어. 결국, 그들 또한 이번 일에 직간접적인 영향력을 행사했다고 볼 수 있겠지. 그리고……'

곽동춘과 마성재 두 사람의 얘기를 들으니 더 확신이 섰다.

김태수는 분명 뭔가를 알고 있다.

그러니까 자신이 반병신이 됐음에도 불구하고 동생들을 만류한 것이다.

그뿐만 아니라 사재를 털어 아예 손을 씻게 만들었다면, 싸움을 해도 도저히 승산이 없다는 것을 알았기 때문에 그런 선택을 했을 것이다.

과연 무엇이 맨손으로 서울에 올라와 터를 닦은 그를 그렇게 두렵게 만들었을까?

"얘기는 잘 들었습니다. 그래서 지금 김태수 씨가 입원해 있는 병원이 어디입니까?"

"네?"

곽동춘이 눈을 크게 뜨고 되물었다.

마성재 역시 내 눈치를 살폈다.

패기의 영향에 사로잡혀 있음에도 이런 행동을 보인다는 건, 그만큼 김태수를 진심으로 걱정하고 아낀다는 의미였다.

"걱정할 필요 없습니다. 만나서 몇 가지 묻고 싶은 게 있어서 그런 거니까. 정 불안하면, 나와 같이 가도 됩니다."

처음이었다면, 이런 제안은 하지 않았을 것이다.

하지만 패기에 의한 공포에도 불구하고 김태수를 걱정하는 두 사람을 보니, 나 또한 마음이 약해질 수밖에 없었다.

"그, 그게 정말입니까?"

"제가 나가서 당장 차에 시동 걸어 놓겠습니다!"

곽동춘과 마성재의 얼굴이 눈에 띄게 밝아졌다.

마성재는 재빨리 자리에서 일어나더니 차 키부터 챙기기 시작했다.

그 모습에 새어 나오려는 웃음을 참고 다시 물었다.

"이제 어느 병원인지 알 수 있겠습니까?"

곽동춘이 그제야 한결 편해진 표정으로 입을 열었다.

"신촌 세브란스 병원입니다."

신촌 세브란스 병원.

대한민국 의대로는 최고라고 알려진 연서대학교의 의료원이다.

설립일은 1885년으로, 그 역사만 놓고 본다면 대한민국에서 가장 오래된 종합병원으로 기록되어 있다.

또한, 다양한 의료 기술 분야에서 뛰어난 업적을 남기며 전 세계에 그 명성이 자자했다.

일례로 아랍의 한 왕족이 세브란스 병원 출신의 특정 의료진을 자신의 닥터 팀으로 삼고 싶다며 백지수표를 제시한 적도 있었다.

명동에서 세브란스 병원까지는 대략 20km 정도였지만,

서울의 중심지답게 도로에는 차가 빽빽이 들어서 있었다.

평소보다 두 배나 더 걸려 병원에 도착하자 곽동춘과 마성재가 쭈뼛쭈뼛 앞장서서 걷기 시작했다.

김태수를 만나러 같이 가겠다고 했을 때와는 다른 모습에 혹시나 하는 생각으로 물었다.

"왜 그렇게 걷습니까?"

곽동춘이 머리를 긁적거렸다.

"그게…… 형님께서는 저희가 병원에 오는 걸 별로 좋아하지 않으십니다."

"치료비도 그렇습니다. 한사코 도움을 받지 않으시겠다고 해서 익명의 독지가가 돕는 것으로 입을 맞춰 간신히 치료를 받게 하는 상황입니다."

본인은 동생들을 위해 사재를 몽땅 털었지만, 정작 자신은 도움을 받지 않겠다는 건가?

알면 알수록 김태수라는 사람에 대한 궁금증이 더욱 치솟았다.

"그럼, 일단 병실에는 저만 들어가겠습니다. 두 사람은 밖에서 기다리세요."

"알겠습니다."

두 사람은 내 제안을 순순히 수락했다.

아무래도 처음부터 병원까지는 따라와도 병실에는 들어갈 생각이 없었던 것 같다.

곽동춘과 마성재는 1층 로비에서 기다리기로 했다.

빈손으로 가기도 뭐해서 병원 편의점에 들려 음료수를 산 뒤 병실을 찾았다.

"305호라고 했던 것 같은데…… 아, 여기 맞네."

병실의 입구에는 김태수라는 이름이 적혀 있었다.

물론 그 이외에도 다섯 명이나 되는 환자들의 이름이 적혀 있었다.

수십, 수백 명의 부하를 거느렸던 조직의 보스치고는 초라하다고 할 수 있었지만, 사무실의 모습을 떠올려 보면 이해가 됐다.

또한, 김태수가 동생들의 신세를 지지 않겠다고 했으니 6인실 이상의 병실로 옮기기에도 어려웠을 것이다.

저벅- 저벅-

병실 안으로 들어서자 왁자지껄한 소리가 귓전을 찔러왔다.

말이 6인실이지 입원해 있는 환자의 보호자들까지 합치면 수십 명이었다.

주변을 훑어 김태수를 찾았다.

'일단 환자이니 환자복을……'

환자복을 입고 있는 사람들 위주로 살피려고 했는데, 이런 내 생각은 그리 오래가지 않았다.

생각이 끝나기 무섭게 병실의 가장 안쪽에 위치한 침대에 기대앉아 있는 사내의 모습이 눈에 들어온 것이다.

그는 별다른 표정 없는 얼굴로 책을 읽고 있었다.

"저 사람이 김태수네."

굳이 주변의 누가 설명을 하거나 알려 줄 필요가 없었다.

체구는 그리 크지 않지만, 오밀조밀 단단하게 몸을 채우고 있는 근육.

그리고 그 근육을 뛰어넘은 기운이 전신에서 뿜어져 나오고 있었다.

산전수전을 겪으며, 한 무리의 우두머리로 있어 본 사람만이 뿜어낼 수 있는 그런 기세였다.

물론 일반인은 느낄 수 없다.

어디까지나 나 정도는 되어야 알아볼 수 있는 수준이었다.

'저런 사람을 병신으로 만들었단 말이지.'

박무봉 정도는 되어야 가능할 것이다.

아니, 박무봉이라고 해도 분명 쉽지는 않을 것이다.

스윽-

가까이 다가가자 책을 읽고 있던 김태수가 고개를 들었다.

"실례하겠습니다."

"처음 보는 얼굴인데, 누구십니까?"

"제 이름은 데이비드라고 합니다."

56 타임로젯 12

김태수가 여전히 별다른 표정 없는 얼굴로 날 쳐다봤다.

마치 자신이 묻는 게 그게 아니라는 걸 알지 않느냐는 표정이었다.

"케빈과 박무봉에 대해 알고 있으시죠?"

"……!"

책을 들고 있는 김태수의 손과 눈동자가 미세하게 떨렸다.

"그 사람들에 관해 묻고 싶은 게 있습니다."

"……."

떨림이 차츰 진정되자 김태수가 입을 열었다.

"나는 그 사람들에 대해서 할 얘기가 없습니다."

"그건 얘기를 하다 보면 알겠죠."

"당신……."

"일단은 나가서 얘기합시다. 여기서는 좀 그런 것 같으니까."

김태수의 말을 끊고 주변을 쓱 둘러봤다.

병실 안에 있던 대부분의 시선이 나와 김태수를 향하고 있었다.

그럴 만도 할 것이다.

느닷없이 병실에 들어온 큰 키의 외국인이 유창한 한국어를 내뱉고 있으니, 호기심과 궁금증이 동하는 것도 무리는 아니었다.

"후……."

김태수 역시 이내 그 사실을 깨닫고는 한숨을 내뱉었다.

스윽-

손에 들고 있던 책을 내려놓은 그가 왼손으로 라디에이
터 옆에 놓인 목발을 가리켰다.

"알았으니, 그것 좀 주쇼."

"……?"

내가 의아한 표정으로 쳐다보자 김태수가 피식 웃음을
흘리고는 하체 부분을 덮고 있던 담요를 치웠다.

"으음."

그리고 그 순간 내 입에서는 나도 모르게 작은 신음이 흘
러나오고 말았다.

김태수의 오른쪽 허벅지 밑으로는 질끈 묶여 있을 뿐, 응
당 있어야 할 게 보이지 않았다.

TIME
ROULETTE
타임룰렛

Chapter 131. 새로운 단서

'그래서 그런 말을 한 거였나?'

어째서 곽동춘과 마성재 두 사람이 김태수가 반병신이
됐다는 말을 했는지 그제야 이해할 수 있었다.

내가 예상했던 것보다 김태수의 상태는 훨씬 좋지 않았다.

"계속 그렇게 보고만 있을 겁니까?"

김태수의 지적에 목발을 집어 그에게 건넸다.

제법 능숙한 자세로 목발을 잡고 일어난 김태수가 앞장
서 걸음을 옮기며 말했다.

"자, 그럼 갑시다."

김태수와 함께 향한 곳은 병원이 환자들을 위해 마련해 놓은 야외 테라스였다.

곳곳에 나무와 벤치가 위치해 있고, 가볍게 산책할 수 있을 정도로 테라스는 충분히 넓어 보였다.

자판기에서 커피 두 잔을 뽑아 벤치에 앉아 있는 김태수에게 한 잔을 내밀었다.

"잘 먹겠소."

커피를 받아든 김태수가 별다른 망설임 없이 입으로 가져갔다.

후룩-

그 모습을 물끄러미 바라보다가 조금 전과 같은 질문을 던졌다.

"케빈과 박무봉, 두 사람 알고 있죠?"

김태수가 시선을 돌려 나를 쳐다봤다.

"물론 알고 있소."

"……지금 어디에 있는지도 알고 있습니까?"

"그 전에 당신이 누구인지부터 말해 주는 게 먼저이지 않겠소?"

후룩-

김태수가 다시 커피를 한 모금 들이켰다.

확실히 이 사람은 곽동춘이나 마성재와는 달랐다.

그래도 명색이 조직을 이끌던 보스였기 때문일까?

그는 쉽게 흥분하지도 않고 역정을 부리지도 않았다.

"나는 그 두 사람과 함께 같은 분을 모시던 사람입니다. 다만 조금 먼 외국에 있어 소식을 늦게 접하고 이제야 한국에 들어오게 됐습니다."

"……"

"케빈과 박무봉이 어떤 인물을 모시고 있었다는 건 그쪽도 짐작하고 있었을 텐데요? 설마 몰랐습니까?"

굳이 한정훈이란 이름을 거론하지 않은 것은 아직 너무 많은 것을 알릴 필요가 없기 때문이었다.

우선은 김태수에게 어떤 일이 생겼고 그 일이 케빈과 박무봉 때문인지를 확인하는 것이 먼저였다.

"먼 외국에서 찾아왔는데 미안하게 됐소."

"……?"

"두 사람은 2년 전에 죽었소."

죽었다고?

케빈과 박무봉이 정말 죽었단 말인가?

절로 입술이 깨물어졌다.

"그리고 내 다리는 그 두 사람을 구하려다가 이렇게 된 거요. 그럼, 이만. 커피 잘 마셨소."

콰직―

김태수가 손안에 있던 종이컵을 구기며 목발을 짚고 일어섰다.

그렇게 목발을 짚고 걸어가는 김태수의 뒷모습을 바라보다가 입을 열었다.

"김태수 씨."

걸음을 멈춘 그를 향해 말을 이었다.

"그럼, 두 사람을 어디에 묻었는지 알려 주실 수 있겠습니까? 그래도 한때 동료였던 이들인데, 돌아갈 땐 가더라도 인사라도 하고 가야겠습니다."

잠시 머뭇거리던 김태수가 말했다.

"……화장해서 물에 뿌렸으니, 그럴 필요 없소."

"그럼 그들의 가족은 어떻게 됐습니까? 두 사람의 성격이라면, 일이 그 지경이 될 때까지 가족들을 방치하지는 않았을 거고. 혹시 외국으로 보냈습니까?"

"……."

스윽—

김태수가 고개를 돌려 날 쳐다봤다.

그런 그를 향해 난 정말 걱정 어린 표정으로 다시 물었다.

"아까도 말했지만 그 두 사람은 내 동료였습니다. 만약 그들 가족의 형편이 좋지 못하다면, 내가 찾아서 돕는 게 당연합니다."

"……모두 외국으로 갔소. 하지만 어디로 갔는지까지는 나도 잘 모르오. 나도 내 몸이 이래서 거기까지 챙길 정신은 없었으니까. 그럼, 대답은 다 한 것 같으니 이제 그만 가 보겠소."

내 입가에 절로 희미한 미소가 생겨났다.

그 미소를 미처 확인하지 못한 김태수가 다시 목발을 짚고 걸음을 옮기려고 할 때였다.

"누가 그러든가요? 케빈과 박무봉에게 가족이 있다고?"

걸음을 옮기던 김태수의 몸이 순간적으로 정지했다.

저벅─ 저벅─

그런 그를 향해 걸음을 옮기며 말했다.

"케빈은 물론 박무봉은 고아입니다. 일가친척도 없죠."

"그, 그건 결혼을……."

"아무리 내가 멀리 있어도 결혼을 했다면 그 두 사람이 알리지 않았을 것 같습니까? 적어도 결혼을 한다는 사실 정도는 연락했을 겁니다."

"……."

5년의 미래.

물론 그사이에 케빈과 박무봉이 가정을 꾸렸을 가능성도 있다.

사람의 일이란 한 치 앞을 모르니까 말이다.

하지만 나는 지금까지 진실과 거짓 스킬을 통해 진실과 거짓을 말하는 사람을 무수히 겪어 봤다.

비록 지금은 스킬을 사용할 수 없지만, 그 경험을 통해 상대방의 감정을 대략적으로 짐작할 수가 있었다.

서당 개도 삼 년이면 풍월을 읊는다고 하지 않던가?

'김태수는 지금 거짓말을 하고 있어.'

그 예로 그가 알지 못했던 사실을 통해 질문을 던지자 순간적으로 할 말을 찾지 못하고 있었다.

물론 애당초 김태수가 머리를 주로 사용하는 상대였다면, 이런 찌르기는 통하지 않았을 것이다.

하지만 그는 머리보다는 몸으로 움직이는 것을 선호하는 사람이었다.

"왜 거짓말을 합니까?"

"거, 거짓말이 아니오."

"두 사람 살아 있습니까?"

"……."

김태수는 시선을 피하며 대답하지 않았다.

하지만 그런 그의 행동이 내게는 오히려 안도감을 줬다.

"살아 있습니까?"

힘을 줘서 강하게 다시 물었다.

시선을 피한 김태수의 고개가 미비하게 끄덕여졌다.

그제야 가슴 한구석을 꽉 메우고 있던 뭔가가 쑥 하고 내려가는 것 같았다.

"후우, 다행입니다."

진심이었다.

차태현이 죽었기 때문에 마음 한편으로는 두 사람에게도 큰일이 벌어지지 않았을까 걱정하고 있었다.

물론 지금의 미래는 바꿀 수도 있다.

하지만 그렇다고 해도 나로 인해서 그들이 죽거나 다쳤다는 사실이 기억 속에서 사라지는 건 아니었다.

무한히 부활할 수 있는 능력을 갖춘 사람이라 할지라도 죽는 경험이 유쾌하지 않은 것처럼 말이다.

"……당신이 어째서 두 사람을 죽었다고 했는지는 이해합니다. 그들이 위험에 처할 수도 있기 때문이겠죠? 하지만 위험은 감춘다고 해서 사라지는 게 아닙니다. 그 원인을 뿌리 뽑지 않는 이상은 늘 주변 어딘가에 도사리고 있을 뿐이죠."

"……."

"당신과 그 두 사람에게 무슨 일이 있었는지 자세히 듣고 싶습니다. 자리에 앉아 계시면, 커피 다시 뽑아오겠습니다."

자판기가 있는 곳을 향해 다시 걸음을 옮겼다.

이대로 김태수가 사라지리라고는 생각하지 않았다.

만약 그랬다면, 애초에 병실에서 날 따라오지도 않았을 것이다.

이런 내 예상은 틀리지 않았다.

커피를 다시 뽑아오자 김태수는 벤치에 앉아 있었다.

다만 그 짧은 사이 그의 얼굴은 10년은 더 늙어보였다.

"드세요."

커피를 건네고는 그의 옆에 앉았다.

"나 잡아봐라!"

"현우야 같이 가야지!"

"헤헤, 싫은데?"

마침 그 앞으로 환자복을 입은 어린아이들이 웃으며 서로를 잡겠다고 뛰어다니고 있었다.

그 모습을 물끄러미 바라보던 김태수가 어렵사리 입을 열었다.

"……목포에서 동생들 데리고 서울로 올라올 때 다짐했었소. 애들 손에 피 안 묻히고 남들 사는 것처럼 일하면서 밥 먹고 살아야겠다고 말이오. 그런데 이게 쉽지가 않더이다. 건달이 달리 건달이겠소? 말이 안 통하면, 주먹부터 나가니. 후우, 그래도 계속 마음 다잡고 열심히 살다 보니까 명동에 작은 사무실 몇 개 가지게 되더이다. 그런데 내 생각과 달리 동생들은 그게 마음에 안 들었나 보오. 아니, 애초에 남들에게 고개 숙이고 사는 게 익숙하지 않았던 거겠지."

"……."

"그러다가 사건이 터졌소. 기업에서 집회 중인 노조를 손봐 달라는 의뢰였는데. 목포에 있을 때는 여러 번 했던 일이라 그런지 동생들이 쉽게 생각했나 봅니다."

노동 환경 개선, 임금 인상 등 노조의 집회를 강제 해산하기 위해 기업에서 용역 건달이나 깡패를 동원하는 일은 현대 사회에서도 흔히 벌어지는 일이었다.

엄연한 불법 활동이지만, 대게 이런 일 같은 경우에는 경찰 또한 깊숙하게 연관된 경우가 많기 때문에 법으로 해결하기에는 무리가 있었다.

김태수가 한숨을 푹 내쉬었다.

"후우, 그 일로 동생들 대부분이 밑에서 나갔소. 내 생각과는 다르게 건달은 건달처럼 살아야 된다는 게 녀석들 생각이었던 거지. 그렇게 사람이 줄어드니, 자연스레 운영하던 사무실도 줄어들고 입에 풀칠이나 하고 살 수 있을까 생각할 때 두 분이 찾아왔소이다."

김태수가 말하는 두 분이 누구인지는 이름을 직접 듣지 않아도 알 수 있었다.

케빈과 박무봉이었다.

"저한테 두 분이 그러더군요. 불법적인 일을 하지 않아도 먹고살 수 있게 해 줄 테니, 대한민국 음지에서 최고가 될 수 있겠냐고. 처음에는 미친놈인 줄 알았습니다. 그래도 어차피 당시 저한테 잃을 게 없었으니, 그 제안을 받아들였습니다."

두 사람이 김태수를 찾아간 것은 더 큰 그림을 그리기 위해서는 반드시 그와 같이 음지에서 본격적으로 활약해 줄 사람이 필요했기 때문이었다.

21세기.

국가를 지탱하는 거대 그룹을 무너트리는 일은 단순히 돈이 많다고 해서 할 수 있는 일이 아니다.

권력?

70~80년대 군부 정권이라면 모를까, 현재는 대통령이라고 할지라도 그런 힘을 발휘할 수가 없다.

수십 년 동안 기업이 성장해 오면서 그 안에 엮인 수많은 관계들이 존재하기 때문이었다.

그리고 그 관계란 것이 양지에만 존재하는 것은 아니었다.

이 때문에 케빈과 박무봉은 음지에서 활동하던 김태수라는 인물을 영입한 것이었다.

"정말 꿈같은 시간이었습니다. 아예 불법적인 일을 하지 않은 것은 아니었지만, 그래도 그 두 분 말대로 하니 이 서울의 음지에서 김태수라고 하면 모르는 사람이 없을 정도였으니까요."

과거를 찾듯, 김태수의 입가에 씁쓸한 미소가 걸렸다.

"하지만 그것도 대한민국 재벌에게는 안 통하지 뭡니까? 내 살아생전 그런 개싸움은 처음이었습니다."

"개싸움?"

김태수의 과거 얘기는 잘 들었다.

그리고 드디어 내가 알고 싶은 얘기가 흘러나오기 시작했다.

"우리가 물면 그쪽에서도 물고 그럼 이쪽에서 더 크게 물고, 계속 그런 식이었습니다. 갈 때까지 가 보자는 식이었지요."

"그 재벌이 KV 그룹이었습니까?"

"역시 알고 계시는군요. 맞습니다."

혹시나 하고 물어봤지만 답변은 예상대로였다.

김태수가 말을 이었다.

"처음에는 저희 쪽이 압도적으로 유리했습니다. 기본적으로 두 분이 보내 준 자료도 있었고, 본격적으로 파헤치기 시작하니 국내 최고라는 재벌이 뒷골목 양아치보다 더한 쓰레기 짓을 많이 했더군요. 지은 죄가 있으니, 단숨에 바닷가에 쌓은 모래성처럼 허물어 버릴 수 있을 거라고 생각했습니다. 그런데 웃기게도, 시간이 흐르니 이곳저곳에서 압박이 들어오지 뭡니까? 경찰과 검찰은 일상이고, 이 바닥을 떠난 선배들까지 찾아와서 허튼 짓거리 하다가 목 달아난다고 경고를 했습니다. 또 시간이 좀 지나니 일본 야쿠자나 중국 삼합회의 짱깨 놈들도 찾아왔습니다."

김태수의 말에 의하면, KV 그룹을 향해 내가 본격적으로 칼을 뽑았다는 얘기가 된다.

케빈이 모은 정보를 차태현이 언론을 이용해서 터트렸을 것이며, 박무봉이 그와 관련된 인물들을 보호했을 것이다.

그 밖에 손이 닿지 않는 음지의 일은 김태수가 나섰을 것이라고 예상된다.

검찰에는 내가 있었으니, 위에서 압박이 들어온다고 해도 대외적인 활동을 통해 KV 그룹의 중요 인사들을 지속적으로 수사했을 것이다.

애초에 내가 검찰에 몸을 담은 이유도 그 때문이지 않았던가?

하지만 결과적으로 봤을 때 그 싸움에서 나는 졌다.

그 증거로 나와 차태현이 죽었으며, 케빈과 박무봉은 흔적은 찾을 수 없고, 김태수는 오른쪽 다리를 잃었다.

'……젠장.'

수년을 넘는 시간 동안 준비했다.

더욱이 내게는 여행자의 능력도 존재했다.

그런데도 진 이유가 대체 뭘까?

"당시 저는 외국에 있어서 국내의 사정은 잘 알지 못합니다. 하지만 결과를 볼 때 패배한 건 KV 그룹이 아닌 우리였죠. 김태수 씨는 왜 그렇게 생각합니까?"

"두 가지 때문입니다."

"두 가지?"

"첫째는 예상한 것보다 판이 커졌기 때문입니다. KV 그룹에서 갑자기 D.K 그룹을 인수하겠다고 나서면서 정부와 언론이 그들을 옹호하기 시작했습니다. 언론에서는 KV 그룹이 D.K 그룹을 인수했을 경우 국내 경제에 미치는 효과를 매일같이 떠들어 댔습니다. 일부에서는 그렇다고 해도 그들이 지은 죄를 덮어서는 안 된다고 했지만, 정권 교체 직전의 대통령은 자신의 임기 도중 재벌을 단죄했다는 타이틀보다는 경제 대통령이라는 소리가 듣고 싶었나 봅니다."

결국, 정부의 개입이 문제였다는 소리였다.

'다시 과거로 돌아간다면 새롭게 바뀌는 정부와 어떻게든 연결 고리를 만들 필요가 있겠어.'

미래에 이와 같은 일이 벌어졌다는 사실을 알았다.

그렇다면, 새 정부와 같은 배를 타든 아니면 그들에게 목줄을 채우든 어떠한 방법이라도 취해야 했다.

그렇지 않으면 지금과 같은 미래가 반복될 것이다.

"두 번째는 뭡니까?"

"……장 실장."

"장 실장이라면, KV 전자의 장영호 실장 말입니까? 듣기로는 김태수 씨가 그렇게 된 것도 그 장영호 실장 때문이라고 하던데."

곽동춘과 마성재가 했던 말이 떠올랐다.

분명 이 모든 게 KV 전자의 장영호 실장 때문이라고 말했다.

김태수가 놀란 얼굴로 되물었다.

"그걸 어떻게……."

"명동 사무실에서 곽동춘 씨와 마성재 씨를 만났습니다."

"아!"

짧은 감탄성을 내지른 김태수가 미소를 지으며 물었다.

"그 녀석들 잘 지내고 있습니까?"

"건강해 보이긴 했습니다."

"그거 다행이군요. 아무튼 녀석들 얘기는 반은 맞고 반은 틀린 소리입니다. 장영호 실장을 만나러 갔던 건 사실이지만, 내 다리를 이렇게 만든 건 그가 아니라 그 옆에 있던 외국인이었습니다."

"외국인이요?"

"네, 어떻게 당했는지도 기억이 나지 않습니다. 몸이 붕 떴다고 생각된 순간, 이미 다리가 박살이 나서 이 모양이 되어 있었으니까요."

"……!"

김태수는 강자다.

다양한 정착자의 기억을 가진 내가 볼 때, 육탄전으로 김태수를 제압하기 위해서면 어지간한 실력자도 상당한 피해를 감수해야 했다.

그런데 지금 하는 말을 들어 보면, 김태수는 자신이 어떻게 당했는지조차 기억이 나지 않는다고 했다.

그 정도의 압도적인 실력 차를 보일 수 있는 존재는 한 부류밖에 없었다.

여행자.

김태수를 상대했다는 그 외국인은 여행자가 분명했다.

"장영호라는 그 사람, 혹시 흐름이 바뀌기 시작하기 전에도 본 적이 있습니까?"

"흐름이요?"

"정부와 언론이 예상하지 못한 방향으로 움직이기 시작한 시점 말입니다."

"그러고 보니……."

잠시 생각을 하던 김태수가 고개를 끄덕였다.

"확실히 그 시점에 장영호 그 사람이 자주 입에 오르락내리락 했습니다."

KV 전자 장영호 실장.

그룹의 주요 계열사 및 임원들에 대한 정보는 내 기억 속에 모조리 저장되어 있다.

하지만 장영호라는 이름은 한 번도 들어 본 적이 없었다.

어려운 이름도 아니고 실장급 인물이라면 분명 한 번쯤은 들어봤어야 하는데 기억 속에 남아 있지를 않았다.

그렇다면, 답은 한 가지.

5년이라는 짧은 시간 동안 실장의 자리에 올랐다는 것이다.

능력이 뛰어나서일까?

아니면 다른 뭔가가 있는 걸까?

"아, 그리고 그 장영호라는 그 사람. 이름이 한국식이어서 그렇지 한국인은 아닙니다. 처음 봤을 때 웬 외국인이 있어서 놀랐는데, 알고 보니 프랑스 출신이라고 하더군요. 우리나라에 귀화해서 장영호라는 이름을 쓰고 있다고 했습니다."

"잠깐만요. 한국인이 아니라 외국인이라고요?"

"네, 분명합니다."

김태수가 별다른 생각 없이 던진 한마디.

하지만 그 한마디는 단숨에 내 고정관념을 무너트리고 머릿속에 경종을 울렸다.

지금까지 이상하게 생각했던 것들이 모두 수면 위로 떠올랐다.

마치 뭔가 중요한 나사가 빠졌음에도 일이 흘러갔다고 생각을 했는데, 한 가지를 대입하니 모든 것이 앞뒤가 맞았다.

지금까지 내가 세운 계획은 여행자라는 초월적인 존재를 배제하고 세운 것이다.

KV 그룹이 거대한 재벌이라고는 하지만 그렇다고 해서 현대 과학으로 설명할 수 없는 특별한 단체는 아니었다.

단지 권력, 돈, 인맥이 끈끈하게 집결되어 있는 괴물일
뿐이다.

그런데 그런 괴물에게 여행자라는 존재가 함께했다면?

더욱이 나라는 존재까지 아는 상황에서 단 한 번의 공격
을 통해 목덜미를 물어뜯으려고 했던 것이라면?

여행자가 갑자기 어디서 나타났느냐는 대한 대답은 이미
루시퍼가 내게 준 상황이었다.

"하…… 하하."

허탈한 웃음이 흘러나왔다.

지금의 상상이 맞는다면, 나와 차태현이 죽고 일이 이 지
경까지 된 것도 이상할 게 없었다.

'모든 것이 내 잘못이다.'

누구를 탓할 것도 욕할 것도 없는 일이었다.

다른 여행자가 나를 직접 노릴 수 있다는 건 생각하면서,
내가 하는 일을 방해할 거라는 건 생각지 못한 내 과오였
다.

결국, 이 모든 것은 방심이 불러온 불행이었다.

"저기 괜찮습니까?"

감정의 동요가 아무래도 겉으로도 나타난 모양이었다.

옆에 있던 김태수가 조심스럽게 물었다.

"……이거 추태를 보였네요. 괜찮습니다. 그보다 두 사
람이 어디에 있는지는 정말 모르는 겁니까? 아니, 살아 있

는 겁니까?"

케빈과 박무봉이 대단한 사람이라는 사실은 안다.

하지만 두 사람이 아무리 대단하다고 한들, 대상이 여행자라면 쉬운 상대가 아니었다.

잠시 망설이던 김태수가 내 눈을 쳐다봤다.

그리고는 이내 결심한 듯 고개를 끄덕였다.

"살아 있습니다."

"후우."

절로 안도의 한숨이 흘러나왔다.

그런 나를 바라보며 김태수가 다행이란 표정으로 말했다.

"다행입니다."

"네?"

"마지막까지 의심하고 있었습니다. 동료라고는 했지만, 혹시 당신이 그 두 분께 해를 끼치기 위해 찾아온 것은 아닌가 하고 말입니다. 하지만 조금 전의 눈을 보니 알 수 있었습니다. 두 분이 무사하다는 얘기에 정말로 안도하고 있다는 사실을요. 만약 해를 끼치기 위해 찾는 거였다면, 그런 반응을 보였을 리가 없죠."

"음, 제가 연기를 했을 수도 있지 않습니까?"

나를 만나고 처음으로 김태수가 밝은 미소를 지었다.

"비록 지금은 제가 이렇게 됐지만, 그래도 예전에는 수

백 명의 동생들을 먹여 살렸던 사람입니다. 그 정도는 얼굴과 눈빛만 봐도 알 수 있습니다."

하긴 맨주먹으로 자신의 분야에서 이름을 날리던 사람이 아닌가?

"그래서 그 두 사람은 지금 어디 있습니까? 내가 아는 두 사람이라면, 일이 이 지경이 된 상황에서 자기만 살자고 숨을 사람들이 아닌데요?"

"정확한 위치는 모릅니다. 제가 이렇게 되고 나서 미안하다는 말과 함께 더는 이 일에 끼어들지 말라고 하시고서는 사라지셨습니다."

김태수의 대답에 실망감이 치솟아 올랐다.

이 정도까지 상황을 아는 그가 모른다면, 어지간한 방법으로는 두 사람을 찾을 수 없다는 소리였다.

마음대로 내 능력을 사용할 수 있으면 모르겠지만, 지금처럼 제약이 걸린 상태에서는 아무리 나라고 해도 사람을 찾는 건 쉬운 일이 아니었다.

고민이 깊어지는 그 순간 김태수가 조심스레 말을 이었다.

"……다만 연락이 가능한 번호는 알고 있습니다."

"네?"

이게 무슨 소리인가라고 생각할 때, 김태수가 호주머니에서 휴대폰을 꺼냈다.

"정말 급한 일이 생길 경우 연락을 하라고 남긴 번호가 있습니다. 물론 아직 단 한 번도 연락한 적은 없지만요."

"그 번호 알려 주실 수 있겠습니까?"

"알려 줄 생각을 하지 않았으면, 얘기를 꺼내지도 않았 겠죠."

김태수는 이내 휴대폰에 저장되어 있던 번호를 내게 보 여 줬다.

내가 그 번호를 저장하는 사이 그가 말했다.

"그런데 그 두 분을 만나 뭘 어떻게 하실 생각입니까?"

"어떻게 할 생각은 없습니다. 다만 어떤 일이 벌어졌는 지 확실히 알고 싶을 뿐입니다. 그리고 도울 수 있는 일이 있다면, 도울 생각입니다."

과거를 바꾸면 미래는 변한다.

하지만 미래를 바꾼다고 해서 과거가 변하지는 않는다.

그러니 난 보다 상세하고 확실하게 알아내야 한다.

이번 일에 관계된 모든 사건과 사람들에 대해서 말이다.

그래야지만 이번 여행이 끝나고 다시 원래의 자리로 돌 아갔을 때 미래에 벌어질 이 모든 사건들을 막을 수 있었 다.

"……직접 복수를 하실 생각은 아니시군요."

"복수를 한다고 해서 달라질 게 없으니까요. 어쩌면, 제2 제3의 김태수 씨가 나올 수도 있습니다."

"……하긴 그렇겠지요."

케빈과 박무봉을 찾는 이유가 옛 동료를 찾아 복수를 하기 위해서라고 생각했던 것일까?

김태수가 조금은 기운 빠진 목소리로 자신의 다리를 쳐다봤다.

스윽–

기운이 빠진 김태수를 뒤로하고 자리에서 일어났다.

내가 병원을 찾은 용무는 이것으로 끝이었다.

김태수에게는 미안하지만 내게는 남은 시간이 그리 많지 않았다.

"오늘 감사했습니다."

"……."

말이 없는 김태수를 뒤로하고 걸음을 옮길 때였다.

왜인지 모르겠지만, 머릿속에 곽동춘과 마성재의 얼굴이 떠올랐다.

걸음을 멈추고 몸을 돌려 여전히 벤치에 앉아 있는 김태수를 쳐다봤다.

"혹시 동생들을 보고 싶지는 않습니까?"

"……?"

"듣기로는 형님이 걱정되어서 매번 찾아오지만, 무서워서 얼굴도 못 보고 돌아간다고 하더군요."

"아!"

고개를 갸웃거리던 김태수가 작은 탄성을 내질렀다.

뒤늦게 내가 말하는 동생들이 누구인지 알아차린 것이다.

"지금쯤 1층 로비에서 서성이고 있을 텐데. 불러서 어깨라도 한번 두드려 주면, 좋아할 겁니다."

할 말을 끝내고 다시 걸음을 옮겼다.

내 말을 듣고 김태수가 동생들을 만나러 가든 가지 않든 그건 나와는 상관없는 일이다.

어차피 지금 일어나고 있는 모든 일들은 내 여행이 끝나는 시점을 바탕으로 벌어지지 않는 미래로 만들 것이기 때문이다.

"……미안합니다. 그리고 내가 과거로 돌아가면 다시는 이런 일 따위는 겪지 않도록 해 주겠습니다."

내가 지금 이 세계에 머무는 동안 만큼은 날 위해 살아왔던 이들이 조금이라도 행복하게 해 주고 싶었다.

그게 나로 인해 이렇듯 불행한 미래를 살게 된 사람을 향해 최소한의 용서를 구하는 일이었다.

벤치에 앉아 있던 김태수가 주머니에서 주섬주섬 지갑을 꺼냈다.

지갑의 안쪽에는 낡은 사진 하나가 들어 있었다.

사진의 가운데에는 김태수가 서 있고 그 주변으로 힘깨나 있어 보이는 사람들이 줄지어 포즈를 취하고 있었다.

"녀석들……."

사진의 외각을 바라보던 김태수가 피식 웃었다.

외곽에는 눈치를 보느라 차마 몸을 다 밀어 넣지 못하고 고개만 내밀고 있는 두 사내의 모습이 보였다.

막내 시절의 곽동춘과 마성재였다.

당시 이 사진을 찍고 두 사람은 막내 주제에 겁도 없이 형님들 사진에 끼어들었다는 이유로 크게 혼이 났다.

하지만 그럼에도 녀석들은 실실 웃으며, 그 사진을 항상 품에 지니고 다녔다.

[이게 마 저희 부적 아닙니까? 부적!]

[맞습니다. 저는 이 사진 찍고 난생처음 로또도 4등 당첨 됐습니다.]

구박을 받던 두 녀석들이 항상 하던 소리였다.

"후후."

옛 생각에 잠시 웃음을 흘리던 김태수가 휴대폰을 꺼내 단축번호를 눌렀다.

우웅– 우웅–

몇 번이나 통화음이 흘렀을까?

[혀, 형님!]

[어? 지, 진짜 큰형님입니까? 큰형님 지 마성재입니다! 막둥이 성재 말입니다!]

[마 좀 떨어져라 자슥아! 형님, 지 동춘입니다. 말씀하십쇼.]

휴대폰 너머에서 익숙한 목소리가 들려왔다.

왁자지껄한 목소리가 예전과 다른 게 하나 없었다.

입가에 미소를 머금은 김태수가 입을 열었다.

"너희들 어디냐?"

[예? 그, 그게 그러니까 지금 말입니다. 그 뭣이냐…….]

[형님, 어떻게 합니까? 병원 온 거 큰 형님한테 걸린 거 아닙니까?]

[고개 치워라. 다 들린다 자슥아!]

김태수의 머릿속에 데이비드라는 외국인의 얼굴이 잠시 떠올랐다가 사라졌다.

그보다는 지금은 통화를 하고 있는 동생들의 얼굴이 더 보고 싶었다.

"둘 다 지금 올라와라. 오랜만에 동생들 얼굴 보면서 밥이나 먹게."

TIME
ROULETTE
타임룰렛

Chapter 132. 자금 마련

인생 전당포를 찾은 이유는 두 가지였다.

첫째가 케빈과 박무봉의 상황을 알기 위해서였다면, 둘째는 자금 마련이었다.

데이비드의 카드를 통해 마련한 현금은 200만 원 남짓.

2주 동안을 생활한다고 했을 때 적은 금액은 아니었다.

하지만 그건 어디까지나 생활을 하기 위한 금액만을 산정했을 경우였다.

꼭꼭 숨겨져 있는 비밀을 파헤치고자 하는 지금의 내 입장에서는 턱없이 적은 금액이었다.

그렇기 때문에 김태수를 통해 이 두 가지를 모두 해결하려고 했던 것이었는데, 결과적으로 자금 마련은 실패한 셈이 되었다.

"이렇게 되면, 골치가 아프고 시간이 좀 걸리더라도 플랜B로 갈 수밖에 없는데."

케빈과 박무봉을 만나는 것은 조금 뒤로 미루기로 했다.

어찌 됐든 지금의 이 몸은 한정훈이 아닌 데이비드였다.

섣부르게 접근했다가는 오히려 의심을 사서 두 사람이 더 깊은 곳으로 숨어 버릴 수도 있었다.

그리되면 이번 여행에서 두 사람을 찾는 것은 불가능한 일이 될 가능성이 높았다.

잠시 생각을 하다가 남은 임무 시간을 확인했다.

[임무 완료까지 남은 시간은 298시간입니다.]

이제 남은 날짜는 대략 12일 정도였다.

그 안에 모든 진실을 파헤치고 나아가 임무까지 완수해야 한다.

만약 일이 꼬인다고 하면, 후자보다는 전자에 비중을 높일 수밖에 없다.

물론 이번 여행이 끝나고 다시 룰렛을 돌려 미래로 올 수도 있을 것이다.

하지만 100년 뒤의 미래라면 어떨까?

그보다 더한 200년 뒤라면?

당장 50년 뒤의 미래라고만 해도 내가 과거에 알던 사람 대부분은 목숨을 잃었을 것이다.

즉 이번 기회를 제대를 활용하지 못한다면, 비극이 반복될 확률이 높았다.

"그럼, 우선은 뒤가 구린 녀석들 돈부터 좀 챙겨서 움직일 자금을 마련해 보자고."

올해 나이 49살.

이른 나이에 4선에 성공한 푸른 한국당의 나영호 의원은 최근 들어 살맛이 났다.

2선과 3선에서는 부족하다고 느꼈던 권력의 참맛을 비로소 제대로 느끼고 있기 때문이었다.

어째서 주위의 다른 국회의원들이 아득바득 4선이 되려고 했는지 이제야 알 것 같았다.

주머니의 돈은 가만히 있어도 알아서 불어나고, 사람들은 고개를 숙이며 자신을 찬양했다.

털썩-

"으음."

나영호 의원이 얼마 전 4선 의원에 당선된 뒤 고향의

기업으로부터 선물 받은 최고급 물소 가죽 의자에 몸을 기댔다.

천만 원이 넘는 의자라서 그런 것일까?

몸에 전해지는 촉감이 남달랐다.

뿐만 아니라 최고급 의자에서 바라보는 창밖의 풍경 또한 남달랐다.

국회의사당이 바로 지척에 존재하는 이 빌딩의 사무실은 4선에 당선되자 당에서 자신에게 선물로 마련해 준 곳이었다.

고개를 조금 돌리면 한강이 보이고, 또 조금 돌리면 서울의 풍경이 한눈에 들어왔다.

"아이고, 참 좋다. 아주 좋아!"

얼굴 가득 미소가 지어졌다.

4선이 이런데, 5선에 성공하면 또 어떤 달콤한 것이 자신을 기다고 있을까?

선거가 끝난 지 1년도 되지 않았지만, 나영호 의원은 벌써 다음 선거에서 자신이 당선된 모습을 상상하며 연신 웃음을 흘렸다.

"그러고 보면 손 의원 그 사람은 참 대단해. 7선 의원이라. 관에 들어갈 때까지 의원을 할 생각인가? 아니지. 그 아들이 이번에 유력한 대선 후보이니, 죽기 전에 국무총리 같은 거라도 한 번 할 수 있겠군. 하하!"

손진석과 손태진은 최근 정계의 떠오르는 이슈였다.

물론 과거에도 정치계의 거두인 손진석은 말 한마디로 국무총리를 부르고 원할 때 대통령과 독대할 수 있는 힘을 갖고 있었다.

정치 밥을 먹는 사람이라면, 손진석을 가리켜서 대한민국 정치판의 거인이라고 말하길 주저하지 않았다.

하지만 사람은 누구나 시간이 흐르면 나이를 먹고 죽게 되어 있다.

제아무리 대단한 정치인이라 할지라도, 시간이 지남에 따라 그 힘은 약해지기 마련이었다.

그렇기에 정치인들은 이러한 결과를 예방하고자 과거 국가의 왕들이 그러했듯 혈연으로써 관계를 맺으며 자신들의 자리를 지켜 왔다.

사내자식을 지닌 집안은 대를 이어 정치권에 발을 담그게 만들고 딸이 있는 집안은 될성부른 떡잎을 찾아 그 남편을 정계에 밀어 넣었다.

그렇게 해서 자신의 가문이 영원토록 권력자라는 위치에서 멀어지지 않게 하는 것이다.

그러나 세상만사가 어찌 마음먹은 대로 되겠는가?

아무리 빛나는 가문이라고 해도 해를 거듭할수록 그 이름은 조금씩 퇴색되기 마련이었다.

그렇기 때문에 정치권을 비롯한 재계에서 손진석과 손태진을 주목하는 것이다.

아버지에 이어서 아들 또한 권력의 핵심이 된다.

그것도 국가를 다스리는 수장으로서 말이다.

가문의 명성이 퇴색되는 것이 아니라 오히려 몇 단계 도약하는 상황이 아닌가?

앞으로의 행보에 대해서 모든 관심이 쏠리는 것이 당연했다.

"뭐, 그 친구가 대통령이 된다고 해서 큰일이야 있겠나. 박 통이나 전두환, 노태우 때도 잘 먹고 잘사는 국회의원들은 천지에 널려 있었다. 태풍이 불면 그저 납작 엎드리면, 그 또한 언젠가 빗겨가기 마련이지."

나영호 의원이 히죽 웃었다.

자신은 권력에 욕심도 있고 돈도 좋아했다.

하지만 최고의 권력을 갖고 싶은 것도 아니고 세계 제일의 부자가 되고 싶은 것도 아니었다.

다만 아주 긴 시간 동안 상위 0.1%만이 누릴 수 있는 것들을 즐기면서 살고 싶을 뿐이었다.

그러니 굳이 무리만 하지 않으면 됐다.

그리하면, 지금까지 이룬 것들이 자신의 손을 떠나지 않을 것이다.

똑- 똑-

나영호 의원이 찬란한 빛이 가득한 미래를 향해 한창 꿈을 키워 갈 때였다.

밖에서 들려온 노크 소리에 자연스레 그의 얼굴이 찌푸려졌다.

"뭐야?"

"의원님, 접니다."

익숙한 목소리에 찌푸려져 있던 나영호 의원의 얼굴이 펴졌다.

목소리의 주인공은 그도 익히 알고 있는 인물이었다.

이름은 강선민.

자신의 오른팔이자 초선 시절부터 그를 위해 헌신해 온 보좌관이었다.

'그러고 보니 이 친구도 슬슬 정치판으로 밀어줘야 하는데.'

자신이 4선을 할 때까지 옆을 지켰으니, 그 충심은 더 확인할 필요가 없다.

하지만 막상 살림을 차려 내보내려고 하니 아쉬움이 컸다. 아무리 주변을 둘러봐도 그만한 인재가 없기 때문이었다.

'5선까지는 옆에 잡아 두고 싶은데. 끄응.'

3선을 했을 때도 같은 생각을 했다.

4선까지만 잡아 두자.

그런데 사람의 마음은 한없이 간사하다.

욕심인 건 알지만, 그래도 5선을 할 때까지는 옆에 잡아 두고 싶었다.

"의원님?"

"어, 들어오게."

문 밖에서 다시 강선민 보좌관의 목소리가 들리자 나영호 의원이 서둘러 대답했다.

끼익—

문을 열고 들어온 강선민 보좌관의 모습에 나영호 의원이 자리에서 일어섰다.

"이 친구야! 한동안 고생했으니까 푹 쉬라고 했는데. 그새 몸이 근질근질해서 온 건가?"

앞에 놓인 소파로 손짓을 하며 나영호 의원이 상석에 앉았다.

하지만 안으로 들어온 강선민은 자리에 앉지 않았다.

"자네 왜 자리에 앉지 않……."

다시 한 번 자리를 권하던 나영호 의원의 얼굴이 굳어졌다.

뒤늦게 강선민 보좌관의 얼굴이 심상치 않음을 확인한 것이다.

나영호 의원은 직감적으로 뭔가 일이 터졌음을 알아차렸다.

"표정이 왜 그래? 무슨 일이야?"

"조금 전 제 메일로 이런 게 왔습니다."

"메일?"

"일단 보시죠."

강선민 보좌관이 품에서 태블릿 PC를 꺼내 나영호 의원에게 내밀었다.

"흐음."

태블릿 PC를 받아 든 나영호 의원이 화면에 띄워진 문서를 살피기 시작했다.

그렇게 얼마의 시간이 흘렀을까?

얼굴이 붉게 달아오른 나영호 의원이 손에 들고 있던 태블릿 PC를 그대로 집어 던졌다.

쾅!

벽에 부딪힌 태블릿 PC는 순식간에 그 수명을 다하고 말았다.

하지만 나영호 의원은 그런 것과는 상관없이 목청을 높이며 소리를 내질렀다.

"어떤 개새끼가 감히 이딴 걸 보내!"

"지금은 그게 중요한 게 아닙니다."

"뭐야?"

"의원님, 중요한 건 그게 아니라고 말씀드렸습니다."

강선민 보좌관이 나지막하게 입을 열었다.

그 한마디에 막 폭발하려던 나영호 의원이 크게 숨을 들이켰다.

"후우…… 후우……."

한참을 그렇게 숨을 고르던 나영호 의원이 말했다.

"그래, 그래서 지금 중요한 게 뭔데?"

"조금 전 보여 드렸던 내용이 사실인지 아닌지 확인하는 게 먼저입니다. 정말 의원님께서 받으신 게 맞습니까?"

강선민 보좌관의 손가락이 부서진 태블릿 PC를 가리켰다.

"크흠."

"의원님!"

"내가 달라고 한 게 아니라! 그쪽에서 정치하느라 고생한다고 그냥 준 거네. 아니, 사람 성의가 있는데 안 받을 수는 없지 않은가?"

"후우."

역시나 예상했던 답변에 강선민 보좌관이 한숨을 내쉬었다.

"……제가 항상 말씀드리지 않으셨습니까? 정치 자금을 받으시는 건 좋습니다. 하지만 나중에 문제가 될 수 있으니 제게는 꼭 말씀해 주셔야 한다고 누누이 강조하지 않았습니까?"

"내가 그런 것까지 일일이 자네에게…… 아, 아니 미안하네. 잘못했어. 잘못했네, 강 보좌관."

도리어 성질을 부리던 나영호 의원이 강선민 보좌관의 서슬 퍼런 눈빛을 확인하고는 고개를 돌렸다.

나영호 의원 또한 바보는 아니었다.

애초에 머리에 든 게 없다면, 4선 의원이 될 수 없었을 것이다.

지금은 화를 내기보다는 터진 문제를 수습하는 게 문제였다.

그리고 이 문제를 누구보다 잘 수습할 수 있는 사람이 바로 강선민 보좌관이었다.

괜히 그의 신경을 거슬러서 좋을 게 없었다.

"……그래서 아까 그거 누가 보낸 건가? 원하는 게 뭐야?"

태블릿 PC에 있던 내용들은 나영호 의원이 2~5년 전까지 각 기업들로부터 받은 정치 자금 리스트였다.

최근 내역은 없지만, 그래도 5년이면 그의 발목을 붙잡기에는 충분했다.

더욱이 대선이 코앞이지 않은가?

자칫 부정부패를 저지른 의원을 실각시켜야 한다는 여론이라도 들고 일어난다면, 대선 후보들은 자신의 지지도를 위해 기다렸다는 듯 손을 들어 줄 게 뻔했다.

"……상대방 쪽에서는 돈을 원하고 있습니다. 돈만 주면 원본이 담긴 자료 파일은 우리 쪽에 넘긴다고 합니다."

"돈? 돈이란 말이지?"

돈이라면 오히려 쉽게 해결할 수 있는 문제였다.

잠시 안도의 한숨을 토해 내던 나영호 의원이 물었다.

"그래서 얼마나 달라고 하던가? 5천? 1억?"

"3억입니다."

"뭐? 3억?"

평온해졌던 나영호 의원의 표정이 다시 일그러졌다.

"이런 시발! 3억이 동네 개새끼 이름이야?"

"더군다나 당장 내일모레까지 돈을 마련해 주기를 원하고 있습니다."

"내일모레? 하! 미치겠구만. 이런 또라이 새끼가!"

이어지는 강선민 보좌관의 설명에 나영호 의원의 표정이 더욱 구겨졌다.

"이봐, 강 보좌관. 자네 생각은 어때? 내가 진짜 놈에게 3억을 줘야 하나?"

강선민 보좌관이 나영호 의원을 모신 지 10년이 넘었다.

그가 무슨 의도로 이런 말을 하는 것인지 눈치 채는 것은 어려운 일이 아니었다.

하지만 강선민 보좌관은 단호히 고개를 저었다.

"이번에는 어려울 것 같습니다."

"어……렵다고? 그 말은 돈을 줘야 한다는 뜻인가?"

"이미 놈이 자료를 보내면서 경고를 해 왔습니다. 자신은 그저 꼬리라고 말입니다. 혹시라도 수상한 짓을 벌일 경우, 모든 자료가 각 언론과 인터넷은 물론 여당과 야당에 뿌려질 거라고 했습니다."

"뒷배가 따로 있다고? 거짓말일 수도 있지 않나? 괜히 던져 보는 소리 아니야?"

강선민 보좌관이 고개를 끄덕였다.

"물론 그럴 수도 있을 겁니다. 하지만 저희에게 보인 자료를 보면, 개인이 이번 일을 꾸몄다고 보기에는 규모가 너무 큽니다."

"크흠."

나영호 의원이 불편한 듯 헛기침을 내뱉었다.

그의 머릿속에는 지금 수시로 저울이 왔다 갔다 하는 중이었다.

피 같은 돈 3억 원을 내주느니, 위험 부담을 감수하는 게 어떨까 하고 말이다.

"그리고 의원님. 이건 제 추측이지만, 의원님만 이와 같은 리스트를 받은 건 아니라고 생각됩니다."

나영호 의원이 고개를 갸웃거렸다.

"그건 또 무슨 소리야? 그놈이 나 말고도 다른 의원들의 비리 장부를 가지고 있을 수 있다는 소리인가?"

"네, 그렇습니다."

"쯧쯧. 자네 상상이 너무 지……."

나영호 의원이 말이 끝나기도 전이었다.

우웅— 우웅—

진동음에 강선민 보좌관이 호주머니에서 휴대폰을 꺼냈다.

"죄송합니다."

"아니야. 괜찮으니까 편히 받아."

"감사합니다."

나영호 의원이 허락하자 강선민 보좌관이 고개를 돌리며 통화 버튼을 눌렀다.

"여보세요. 어, 그래. 뭐? 그게 정말이야? 역시, 그랬나? 그래, 우리 쪽도 비슷한 게 왔어. 그래서 그쪽은? 하긴, 그렇게 하는 게 위험 부담이 적겠지. 알았다. 내가 다음에 또 전화할게."

전화 통화가 끝나고 강선민 보좌관이 휴대폰을 다시 품 속에 집어넣자 나영호 의원이 물었다.

"누구길래 전화를 그렇게 받나?"

"혹시 야당의 문지석 의원을 기억하십니까?"

나영호 의원이 고개를 끄덕였다.

"당연히 알지. 같이 골프도 몇 번 치고 술도 먹은 사이이니까. 그런데 왜?"

"문지석 의원 보좌관이 제 대학 후배입니다. 그런데 방금 들으니, 문 의원 쪽도 의원님과 비슷한 물건이 배달된 것 같습니다."

"뭐? 문 의원 쪽에도 뒷돈 받은 장…… 크흠. 아니, 정치

자금 받은 장부가 왔다고?"

"네. 그렇습니다."

"하! 어이가 없군. 그래서 그쪽은 얼마를 달라고 하던가?"

"1억 5천입니다."

답변을 들은 나영호 의원의 눈에서 불똥이 튀었다.

"1억 5천? 왜 그놈은 1억 5천이고 나는 3억이야!"

"문지석 의원은 이제 2선 아닙니까? 아마 외부에서 받은 액수가 그리 크지는 않을 겁니다."

"끄응."

나영호 의원이 오른손으로 이마를 매만졌다.

결국, 많이 받아먹은 놈이 더 토해 내라는 소리였다.

"……그래서 그쪽은 어떻게 하겠대?"

"시기가 시기인 만큼 돈으로 깔끔하게 마무리 지을 생각인 것 같습니다. 2선 의원이야 정치판에서 대체할 사람이 많으니까요. 아무래도 최대한 말이 나오지 않는 쪽을 원하는 것 같습니다."

"그거야 그렇지만, 에잉."

답답한 마음에 나영호 의원이 애꿎은 소파의 팔걸이를 내리쳤다.

그러나 그래 봐야 아픈 건 자신의 손이었고 바뀌는 건 아무것도 없었다.

눈치를 살피던 강선민 보좌관이 조심스레 물었다.

"어떻게 하시겠습니까?"

아무리 좋은 의견을 말한다고 해도 어찌 됐든 결정을 내리는 건 그가 아닌 나영호 의원이었다.

"일단 3억 준비해. 그리고 문 의원 말고도 다른 의원들도 연락 받은 거 있나 한번 알아봐. 분위기 봐서 다들 돈으로 해결하는 것 같으면, 3억 내주고. 아! 그리고 혹시나 해서 하는 말인데. 그 장부를 가지고 돈을 내주는 건 이번이 마지막이라고 못 박아. 만약 이 같은 장난질을 또 하면, 내 옷을 벗는 한이 있더라도 절대 가만두지 않을 거라고 말이야!"

"지시하신 대로 처리하겠습니다."

고개를 숙이는 강선민 보좌관을 향해 나영호 의원이 귀찮다는 듯 손짓을 했다.

"알았으니까, 밖에 냉수 한 잔 가져오라고 하고 자네도 이만 나가 봐."

"네, 그럼."

다시 한 번 고개를 숙인 강선민 보좌관이 몸을 돌려 밖으로 걸어 나갔다.

그러면서 그는 생각했다.

과연 이와 같은 일이 또 벌어졌을 때 나영호 의원은 정말 자신의 의원직을 걸고 놈을 잡으려고 들까?

"그럴 리가 없지."

잡으려 들기는 하겠지만, 결코 의원직을 거는 짓은 하지 않을 것이다.

10년을 넘게 옆에서 모셨는데 그 성격을 어찌 모를까?

"⋯⋯한 번 권좌에 오른 왕은 죽는 순간까지 절대 그 자리를 포기 못 하는 법이지. 자신이 줄에 묶인 꼭두각시라는 것을 알면서도 말이야."

씁쓸하게 웃은 강선민 보좌관이 빠르게 걸음을 옮겼다.

Chapter 133. 돈의 힘

김태수를 만나고 온 지 이틀이 지났다.

그동안 내가 집중한 일은 하나였다.

과거 KV 그룹에게서 정치 자금을 받아 챙겼던 국회의원들의 목록을 찾았다.

한정훈은 죽었지만, 당시 인터넷에서 사용하던 저장소 사이트의 자료는 그대로 살아 있었다.

즉, 메일과 비밀번호를 기억하고 있으면 관련 자료를 내려받는 것은 문제가 없었다.

그렇게 손에 넣은 국회의원 명단은 총 23명이었다.

그 23명을 대상으로 난 모두 같은 내용의 협박 메일을 보냈다.

당신들이 지금까지 받은 정치 자금 목록이 내 손에 있으니, 내일모레 언론에 대문짝하게 얼굴이 실리고 싶지 않으면 당장 돈을 내놓으라고 말이다.

물론 국회의원들에게 요구한 돈의 액수는 각기 달랐다.

많이 해 먹은 놈에게는 많이 요구했고, 적게 해 먹은 놈에게는 적당한 가격을 불렀다.

더러운 짓을 많이 한 사람일수록 자신이 지금까지 이뤄놓은 것에 대한 애착이 클 수밖에 없다.

그렇게 돈을 요구한 지 48시간이 지나자 정확히 16명이 내가 말한 계좌로 돈을 보내왔다.

[2,730,000,000]

통장에 찍힌 잔고는 무려 약 27억 원이었다.

200만 원에 불과했던 자금이 수십 시간 만에 몇 백 배가 되었다.

이 정도의 액수라면 이번 여행에서 돈 때문에 곤란한 일은 없을 것이다.

입가에 절로 미소가 생겼다.

"돈 버는 방법은 옛날이나 지금이나 변한 게 없네."

과거 지배 계층은 부족한 자금을 해결하기 위해 부정부

패로 재물을 쌓은 귀족과 상인들을 주로 노렸다.

그들의 재산을 갈취함으로 부족한 자금난을 단번에 해결할 수 있기 때문이었다.

애초에 그들이 쌓은 부는 온갖 추악한 짓을 통해 만들어진 것이기 때문에, 빼앗는다고 해도 정의실현이라는 명분으로 쉽게 포장할 수가 있었다.

빼앗긴 사람 또한 어디 가서 하소연하지 못했다.

하소연을 하려면 자신이 모은 재물의 출처를 소상히 밝혀야 하는데, 그랬다가는 본인이 저지른 부정부패를 스스로 자백하는 꼴이었다.

"그보다 6명은 안 보냈단 말이지."

돈이 없어서 보내지 못한 것은 아닐 것이다.

주변의 눈치를 보다가 막판에 보내거나 혹은 다른 생각을 품고 있을 것이다.

그러나 그들이 선택한 방법은 최악이었다.

애초에 협박을 받은 국회의원 전부가 모두 돈을 보낼 것이라고는 생각하지 않았다.

그중 일부는 분명 돈을 보내지 않을 것이라고 판단했고, 그건 내가 바라는 전개이기도 했다.

"세상이 시끄러워지면 내가 움직이기도 편하니까."

휴대폰을 꺼내 미리 저장해 뒀던 각 언론사의 신문고로 돈을 송금하지 않은 6명의 정치 자금 파일을 보냈다.

해당 언론사에는 정치와는 아무런 상관없는 스포츠 신문사도 있었다.

이런 곳까지 보낸 이유는 정치권의 압력으로 해당 기사가 묻힐 가능성을 막기 위해서였다.

언론 분야 중 메이저급 신문사라면 정계와 밀접하게 연관되어 있기 때문에, 정치 자금과 관련된 기사를 내보내는 데 신중할 수밖에 없다.

만약 그들이 단독으로 입수한 정보라면 더욱더 그렇다.

보통의 경우라면 편집장이나 국장 라인에서 기사가 막힐 가능성이 높았다.

하지만 일개 지방 찌라시 신문사까지 알고 있는 기사라면 어떨까?

머리를 굴려 생각을 하는 순간 특종이란 대어는 다른 곳이 물어 가 버린다.

이럴 때는 결국 메이저가 됐든 찌라시가 됐든 일단 터트려 보는 것이 언론사의 생리였다.

금, 은, 동메달을 주는 스포츠와 달리, 언론에서는 1등이 아니면 2등과 3등은 아무런 의미가 없었다.

무조건 첫 보도가 중요한 것이다.

스윽—

전송을 끝내고 휴대폰을 다시 호주머니에 넣었다.

아마 내일이면 세상이 꽤 시끄러워져 있을 것이다.

돈을 보내지 않은 6명은 뒤늦게 자신의 선택을 후회하겠지만, 어차피 세상은 뿌린 대로 거두는 법이었다.

"자, 그럼 슬슬 다음 목적지를 향해 움직여 볼까."

걸음을 옮기며 남은 임무 시간을 확인했다.

[임무 완료까지 남은 시간은 250시간입니다.]

10일 남짓의 시간.

여유롭지는 않지만, 미래를 바꿀 정보를 얻기에 부족한 시간은 아니었다.

잔고가 두둑해졌기 때문에 더는 돈 때문에 눈치를 볼 필요가 없었다.

우선 강남의 대한 백화점으로 가서 옷부터 바꿨다.

동대문 시장표가 아닌 이탈리아 직수입 명품이었다.

순식간에 수천만 원이 날아갔지만, 돈을 쓴 만큼 데이비드의 겉모습도 바뀌었다.

옷을 구입하기 전까지는 한국으로 놀러 온 평범한 여행객의 그것과 다름없었는데, 이제는 사업차 한국을 방문한 외국의 CEO 같은 풍모가 드러났다.

애초에 데이비드는 키가 크고 마른 체형이었기 때문에 정장이 꽤 잘 어울렸다.

그 다음으로는 렌트카 회사에 들려 B사의 고급 차량을 렌트했다.

수입 차량만 전문적으로 취급하는 회사의 직원은 내가 방문해서 차량을 렌트해 갈 때까지 연신 허리를 굽혔다.

당연히 고급 차량을 렌트했기 때문만은 아니다.

모든 것을 일사천리로 진행하기 위해 두둑이 팁을 줬기 때문이었다.

그렇게 고작 3시간도 되지 않아서 1억 원을 썼다.

하지만 그럼에도 불구하고 수중에는 26억 원의 거금이 남아 있었다.

"이 정도면 어디 가서 얕잡아 보일 리는 없겠네."

더불어 외국이라는 것이 지금 상황에서는 장점이 되었다.

대부분의 한국 사람들은 일단 외국인, 특히 영어라는 것에 있어서 압도당하는 경우가 있기 때문이었다.

게다가 그 외국인이 값비싼 명품으로 온몸을 휘감고 있다면?

위화감과 더불어 자연스레 기가 눌릴 수밖에 없었다.

이렇게 보란 듯 갖춰 입고 내가 향한 곳은 서울의 종로였다.

"내비를 보면 이쯤인데…….."

창문을 통해 주변을 살피다가 이내 2층 건물에 걸린 〈번개 심부름센터〉 간판을 확인했다.

말이 심부름센터이지 쉽게 말해서 흥신소.

돈만 주면 사람을 찾거나 뒷조사를 해 주는 불법 업소였다.

탁―

차에서 내린 뒤 트렁크를 열고 007 가방을 꺼냈다.

트렁크에는 같은 디자인의 007 가방이 십여 개 있었다.

저벅― 저벅―

계단을 따라 2층으로 올라가니 사무실의 문은 활짝 열려 있었다.

슬쩍 내부를 확인하니 원형 테이블 위로 카드가 어지럽게 놓여 있었다.

그 주변으로는 30대 초중반으로 보이는 사내 3명과 20대 중반의 여성 한 명이 앉아 있었다.

노출이 심한 복장과 보온통을 들어 커피를 잔에 따르는 것으로 봐서 여성은 다방에서 온 것 같았다.

"젠장, 오늘 패 더럽게 안 붙네. 응? 어서 오십…….."

뒤늦게 날 발견한 사내 한 명이 자리에서 일어나려다가 엉거주춤한 자세를 취했다.

앞이마가 살짝 벗겨진 그는 사내들 중에서 가장 나이가

많아 보이는 인물이었다.

괜한 오해를 피하기 위해 내가 먼저 입을 열었다.

"여기가 심부름센터 맞습니까?"

유창한 한국어에 그제야 엉거주춤한 자세로 있던 사내가 몸과 함께 얼굴을 폈다.

"어휴, 한국말 잘하시네. 갑자기 외국인이 들어와서 놀랐습니다. 뭐, 보는 것처럼 심부름센터 맞습니다. 무슨 일로 오셨습니까? 아차차, 전 여기 심부름센터 소장 심 사장이라고 합니다."

가까이 다가온 사내가 품에서 명함을 꺼내 내게 내밀었다.

그는 적당한 선에서 예의를 지키고 있었다.

심부름센터가 불법적인 일을 하는 것은 맞다.

하지만 이들이 하는 일 또한 돈을 받고 그에 맞는 일을 하는 비즈니스였다.

영화나 드라마처럼 사무실을 찾은 손님에게 다짜고짜 욕설을 하거나 폭력을 행사하는 경우는 없다.

적어도 일이 잘못되지 않는 선에서는 말이다.

명함을 쳐다보니 심대산이라는 이름이 적혀 있었다.

"어머, 외국인 오빠. 커피 한 잔 안 할래? 우리 다방 커피 엄청 맛있는데."

"봐라, 춘자야. 커피 먹으려고 이리 왔겠나? 가스나가 상황 파악 못 하고!"

심대산이 고개를 휙 돌려 춘자라 불린 여성을 노려봤다.

"베에!"

춘자는 혀를 쏙 내밀고는 고개를 돌렸다.

그 모습에 심대산이 소리 없이 으르렁거리고는 다시 고개를 돌려 영업용 미소를 지었다.

"죄송합니다. 저 가스나가 버릇이 없어가지고. 그보다 무슨 일 때문에 오셨습니까?"

"사람을 좀 조사하고 싶은데 가능하겠습니까?"

"물론 가능합니다. 돈만 맞으면 사람이 아니라 동물도 찾아서 오장육부…… 하하! 아무튼, 다 조사해 드립니다. 일단 자리에 앉아서 얘기할까요? 거기 뭐 하고 있나! 테이블 안 치우고. 춘자, 너는 커피 한 잔 더 따라라."

심대산이 소리치자 남은 사내 두 명이 재빨리 테이블을 정리하고 자연스레 출입구가 있는 쪽의 소파로 자리를 옮겼다.

"자, 이리로."

심대산을 따라 테이블 옆에 놓인 의자에 앉았다.

"우리 외국인 오빠, 커피는 어떻게 줄까? 둘둘? 아님 하나둘?"

"둘둘이면 됩니다."

"OK! 내가 맛있게 타 줄게."

심대산이 볼을 긁적거리며 말했다.

"그래서 누구를 조사하고 싶은 겁니까?"

인터넷을 뒤져 찾은 장영호 실장의 사진을 꺼냈다.

대한민국 기업의 임원들은 대부분 인터넷에 얼굴이 알려져 있다.

이 때문에 이름과 소속 기업, 직급만 알면 사진을 찾는 것은 크게 어려운 일이 아니었다.

김태수의 설명대로 그는 한국식 이름을 사용하고 있지만, 생긴 모습은 외국인이었다.

확인해 보니 아버지가 한국인이고 어머니가 미국인이었다.

"KV 전자의 장영호 실장입니다."

"KV 전자라면 KV 그룹의?"

심대산이 눈을 가늘게 뜨며 묻는다.

"맞습니다. 이 사람에 대해 조사해 줄 수 있겠습니까? 사소한 것부터 시작해서 평상시에는 누굴 만나고 뭘 하는지 전부 말입니다."

"흐음."

일거수일투족을 감시해 달라는 소리에 심대산이 오른손으로 턱을 쓰다듬었다.

"그 전에 왜 조사를 하려고 하는지 물어도 되겠습니까? 아! 오해는 하지 마십쇼. 조사를 하려는 이유가 쪼까 문제가 있으면 괜히 우리가 피 볼 수 있어서 묻는 거니까."

예상했던 질문이었다.

KV 그룹의 임원이면, 고래.

그것도 상당한 크기의 고래였다.

이들 입장으로서도 괜히 고래 싸움에 새우등 터지고 싶지는 않을 것이다.

이번 한 번으로 팔자를 고칠 것도 아닌데 말이다.

스윽—

품속에 다시 손을 집어넣어 사진 한 장을 꺼냈다.

"어머! 예쁘다."

커피를 건네던 춘자가 사진을 확인하고는 깜짝 놀랐다.

사진에는 눈이 튀어나올 정도로 아름다운 외국인 여성이 포즈를 취하고 있었다.

"제 여자 친구였던 사람입니다. 그리고 장영호 실장이란 그 사람이 빼앗아 간 사람이기도 하고요."

"아!"

심대산이 알겠다는 듯 탄성을 터트렸다.

"그러니까 여자 친구를 빼앗겨서 복수하고 싶은 겁니까? 이거 외국인도 우리나라 사람과 별 차이가 없습니다. 하긴 세계는 하나 아닙니까? 같은 남자로서 충분히 이해합니다. 저도 절 버린 옛날 여자 친구를 생각하면 지금이라도 당장 쫓아가서 확……."

"복수 때문이 아닙니다."

"예?"

"그냥…… 그 장영호라는 남자가 괜찮은 사람인지 알고 싶을 뿐입니다. 그녀를 행복하게 해 줄 수 있는 사람이라 면, 그거면 됐습니다."

"크흠. 그, 그렇군요."

심대산이 멋쩍은 듯 웃어 보였다.

반면 옆에 있던 춘자가 초롱초롱한 눈빛으로 날 바라보 더니, 내 옆으로 바짝 붙었다.

"외국인 오빠 멋있다. 그럼, 오빠는 이제 여자 친구 없 나? 나 어때요? 내가 몸이 이래 보여도 외국인이 되게 좋아 하는 체형인데."

양손을 이용해 가슴을 모으는 춘자의 행동에 재빨리 고 개를 돌렸다.

아무리 다양한 사람의 경험이 내 기억 속에 있다고는 하 지만 이렇게 갑자기 혹 들어오면 나라고 해도 당황할 수밖 에 없다.

"하이고. 웃기고 있네. 가슴에 뽕이나 빼고 그런 말을 하 든가. 거기다가 화장 지우면 거지가 '아이고, 형님!' 할 상 판대기를 가지고 누구를 꼬시려고? 쯧쯧."

"오빠야!"

다행히 심대산이 나서 곧바로 상황 정리를 해 줬다.

입술을 삐죽 내밀고 화를 내는 춘자를 뒤로하고 심대산
이 말을 이었다.

"아무튼, 내용은 알겠습니다. 그럼, 이제 현실적인 얘기
를 해야 하는데……."

심대산의 눈이 빛났다.

그 눈빛을 뒤로하고 007 가방을 테이블 위로 올려 잠금
장치를 풀었다.

딸칵.

"헉! 오, 오빠야 저거 다 돈이가?"

춘자가 은근슬쩍 돈다발을 향해 손을 뻗자 심대산이 재
빨리 그녀의 손을 때렸다.

찰싹!

"아야! 만져 보지도 못하나!"

"크흠."

헛기침을 내뱉은 심대산이 007가방을 향해 시선을 돌렸
다.

가방 안에는 100장씩 묶인 5만 원 권 20묶음이 들어 있
었다.

손을 집어넣어 4묶음을 꺼내 테이블 위로 올렸다.

"선수금으로 2천만 원입니다. 일의 진행 여부에 따라서
추가로 3천만 원을 더 드리겠습니다."

잠시 고민하던 심대산이 조심스럽게 입을 열었다.

"5천만 원이라…… 조금만 더 쓰시는 게 어떠십니까? 아, 일을 못 하겠다는 게 아니라. 아무래도 상대가 상대인지라, 위험수당이 조금 들 수도 있을 것 같아서 말입니다. 하하!"

이미 007 가방에 들어 있는 돈이 1억이라는 것은 알았을 것이다.

그러니 당연히 욕심이 날 만했다.

그리고 그걸 알기에 일부러 007 가방에 있는 돈을 모두 보여 준 것이다.

욕심이 생긴 이상 심대산은 내 제안이 무리라는 것을 알면서도 절대 거절할 리가 없었다.

"5일."

"……?"

"5일 안에 제가 만족할 만한 정보를 가져와야 합니다. 가능하겠습니까?"

심대산의 표정이 일그러졌다.

"아니, 우리도 애들 준비시키고 작업 일정 짜고 뭐 하다 보면 일주일이 훅 가는데. 5일 만에 뒷조사를 어떻게 합니까? 그건 무립니다. 무리!"

"제가 이곳에 들르기 전 이미 몇 군데 센터를 더 갔다 왔습니다."

물론 거짓이다.

내가 방문한 곳은 이곳이 처음이었다.

하지만 이곳을 나서는 순간 다른 센터를 더 방문할 계획은 사실이었다.

"네? 그게 무슨 소리입니까?"

"그곳에서도 지금과 똑같은 제안을 했습니다. 그랬더니 그쪽에서는 순순히 제 제안을 받아들이던데요?"

"아니, 상도덕도 없는 어떤 시부랄 놈들이! 거기가 어딥니까?"

"아! 그러고 보니 이 말을 빼먹었네요. 5일 안에 제 요구대로 일을 완료해 주시면……."

후두둑-

007가방을 뒤집어 5만 원 다발을 테이블에 그대로 쏟아부었다.

"추가 비용으로 5천만 원을 더 드리겠습니다. 도합 1억입니다."

테이블에 가득 쌓여 있는 5만 원 권의 모습에 심대산이 혀를 내밀어 입술을 적셨다.

"오빠! 1억이다! 후딱 안 받아들이고 뭐 하나? 그러다 저 외국인 오빠가 정 사장 오빠네로 가면 어떡하려고?"

"시끄럽다!"

춘자를 향해 소리를 꽥 지른 심대산이 다시 5만 원 다발을 쳐다봤다.

그렇게 얼마의 시간이 흘렀을까?

스윽-

나를 향해 시선을 돌린 심대산이 허리를 90도로 숙였다.

"하겠습니다. 앞으로 5일! 5일 안에 그 인간이 무슨 팬티를 입었는지까지 알아내서 알려 드리겠습니다. 믿고 맡겨 주십쇼."

1억이란 돈.

세상을 사는 사람들이 억이란 돈을 너무 쉽게 거론하다 보니, 1억을 적게 생각하는 경향이 있다.

물론 1억이란 돈은 5만 원 권으로 박카스 박스를 겨우 채울 수 있는 부피밖에 되지 않는다.

하지만 대한민국의 내로라하는 천재들이 굴지의 대기업과 금융권에 입사해서 받는 연봉이 1억이다.

수백, 수천 만 노동자 중에서 1억의 연봉을 받는 숫자는 고작 상위 1%뿐이다.

게다가 그런 상위 1%조차 1년 동안 일과 사람에 치이고 온갖 스트레스를 견뎌 내야 받을 수 있는 돈이 바로 1억인 것이다.

그런 돈을 5일 만에 벌 수 있다면 어떤 기분일까?

지금까지 해 왔던 일이며, 가장 잘하는 분야의 일인데?

'이건 애초에 받아들일 수밖에 없는 거래다.'

누군가 이런 말을 남겼다.

돈의 힘이란 이미 죽은 사람의 영혼조차 움직일 수 있다고 말이다.

하물며 살아 있는 사람을 움직이는 게 대수일까?

물론 돈 앞에서도 흔들리지 않는 신념을 보유한 사람도 있다.

하지만 그는 또 이런 말을 덧붙였다.

그 사람의 신념이 돈 때문에 흔들리지 않는 것이 아니다.

단지 상대를 움직이려고 제시한 액수가 적었을 뿐이다.

틀린 말은 아니라고 생각한다.

제시하는 액수가 압도적이고 무지막지해지면, 사람은 본능적으로 아무런 생각을 하지 못하고 그 액수에 홀리게 된다.

또한, 그 다음부터는 그게 선이든 악이든 중요하지 않게 되는 것이다.

돈의 힘.

정말로 압도적인 돈의 힘은 인간의 모든 것을 찍어 누를 수 있다.

그리고 그건 돈에 굴복당해 본 인간에게 있어서는 더욱 절대적이다.

"흠, 정말 5일 안에 알아낼 수 있겠습니까? 그쪽도 보통은 아닐 텐데요. 만약 돈 때문에 지키지도 못할 약속을 하시는 것이라면, 그 뒷감당은 사장님께서 하셔야 할 겁니다."

쾅!

문 앞에서 대기 중이 사내들이 의자를 발로 차며 자리에서 일어났다.

"이 새끼가 간이 부었나! 지금 형님을 협박해?"

"눈깔의 먹물을 확 짜내 버릴까!"

험상궂은 말들이 오갔지만 도리어 나는 피식 웃었다.

시선을 돌려 심대산을 쳐다봤다.

"이건 거절의 의미로 생각해도 되겠지요, 심 사장님?"

놀란 표정의 심대산이 자리에서 벌떡 일어나 자신의 동생들을 향해 손가락질했다.

"이 개새끼들이 단체로 약을 처먹었나! 손님한테 누가 그따위로 말을 해? 그리고 뭐 눈깔을 파? 네 눈깔부터 확 쑤셔 버리기 전에 입 다물고 당장 쳐 앉아!"

"혀, 형님……."

"당장 앉지 못해!"

또 한 번의 고성이 오갔다.

결국, 고개를 푹 숙인 두 사내는 어깨를 움츠리며 자리에 앉았다.

이런 모습을 보면, 곽동춘과 마성재가 특이한 사람들인 것이다.

"죄송합니다. 제가 동생들 교육을 잘못시켰습니다."

고개를 숙이는 심대산을 향해 손을 들어 올렸다.

"괜찮습니다. 그보다 정말 5일 안에 알아낼 수 있는 거겠죠?"

"물론입니다. 반드시 기한 내에 만족할 만한 정보를 가져오겠습니다."

심대산의 목소리에는 흡사 결의마저 느껴졌다.

"그럼, 믿겠습니다. 아! 그리고 이건 혹시나 해서 하는 말입니다만, 만약 장영호 쪽에 저와 관련된 얘기가 새어 나가면 우리 계약은 그 순간부터 무효가 되는 겁니다. 반드시 비밀 엄수가 필요하다는 뜻이죠. 아시겠습니까?"

"의뢰인의 신분은 당연히 지켜 드려야지요. 이 바닥에도 그 정도 룰은 있습니다. 그건 걱정하지 않으셔도 좋습니다."

심대산이 단호한 어조로 말했다.

'이 정도면 충분하겠지.'

선수금 2천만 원을 제외한 나머지 8천만 원은 007가방에 다시 쓸어 담았다.

그 모습을 심대산과 더불어 춘자가 입맛을 다시며 쳐다봤다.

"그렇게 애틋한 눈빛으로 보실 필요 없습니다. 일만 잘 끝내시면, 모두 심 사장님 돈이니까요. 그렇지 않습니까?"

"네? 하하! 그렇죠."

본인도 민망했던지, 뚫어져라 가방을 바라보던 심대산이

어색한 웃음을 흘렸다.

"외국인 오빠야! 그럼, 이제 5일 동안 뭐 할 건데? 마땅히 할 거 없으면 내랑 데…… 웁웁."

촐싹거리며 춘자가 떠들어 대자 심대산이 두툼한 자신의 손바닥으로 그녀의 입을 막았다.

나로서는 고마운 일이었다.

"그럼, 약속대로 5일 후에 뵙겠습니다."

"네, 알겠습니다. 멀리 안 나겠습니다. 손님 가신다! 너희들도 인사드려라."

문 쪽으로 걸음을 옮기자 고개를 숙이고 있던 사내 둘이 재빨리 일어섰다.

"살펴 가십쇼."

"조심히 가십쇼."

그들의 인사를 뒤로하고 번개 심부름센터의 사무실을 빠져 나왔다.

차에 올라 시각을 확인하니 오후 2시가 넘어가고 있었다.

"오늘 안에 끝내려면, 부지런히 움직여야겠네."

TIME ROULETTE
타임룰렛

Chapter 134. 약육강식

번개 심부름센터를 포함해서 도합 다섯 군데의 심부름센
터와 흥신소에 들렸다.

그들의 반응은 앞서 들렸던 곳과 크게 다를 게 없었다.

2천만 원이란 액수에는 난색을 표했지만, 5일이란 기간
과 함께 1억을 제시하자 모두 제안을 받아들였다.

또한, 하나같이 비슷한 말을 남겼다.

심대산이 장영호의 팬티 색깔까지도 알아오겠다고 했다
면, 그들은 그의 사돈과 팔촌까지 전부 조사하겠다는 말을
했다.

하지만 장담한 대로 그들이 5일 동안 정말로 그만한 정

보를 알아 올 것이라는 기대는 하지 않았다.

다만 적어도 장영호라는 인간에 대해서는 티끌 하나 남기지 않고 알아 올 게 분명했다.

그래야지만 돈을 받을 수 있다는 것을 그들 역시 잘 알고 있기 때문이었다.

물론 그 와중에 장영호 쪽에서 누군가 자신을 조사하고 있다는 사실을 눈치 챌 수도 있다.

하지만 그게 무슨 상관인가?

그때가 되면 이번 여행은 끝이 날 것이고 나는 본래의 자리로 돌아가 있을 것이다.

[임무 완료까지 남은 시간은 232시간입니다.]

장영호라는 인간에 대한 정보가 들어오기까지 남은 시간은 120시간이다.

그 시간을 제외하고 나면, 여유 시간은 112시간.

날짜로 따지면 5일이 채 되지 않기 때문에 시간적 여유가 넉넉하다고 볼 수 없었다.

그렇기 때문에 정보가 들어오기 전 임무를 위한 사전 작업을 진행할 필요가 있었다.

그리고 그 시간은 지금이 바로 가장 적기였다.

김태수에게 얻은 연락처를 통해 박무봉과 케빈에게 접선

하는 것은 장영호라는 인간에 대해서 파악하고 난 뒤의 일이었다.

"흐음."

상태창을 띄워 다시금 임무를 확인했다.

[임무가 생성되었습니다.]

목표: 환자의 목숨을 살려라(0/5)

설명: 영국의 외과의사인 데이비드는 최근 집도한 수술이 실패하며 환자가 목숨을 잃었고, 이로 인해 병원에서 징계를 받았습니다.

이후 그는 극심한 트라우마에 시달리며 매일같이 술로 하루를 지새우고 있습니다.

14일 동안 트라우마를 극복하고, 5명의 환자의 목숨을 살리세요.

[임무가 활성화됐습니다.]

[현재 남은 시간은 232시간입니다.]

임무는 비교적 간단하다.

수술 실패에 대한 데이비드의 트라우마를 극복한다.

그리고 환자 5명의 목숨을 살린다.

"흐음, 목숨을 살린다라……."

다만 임무에는 환자의 목숨을 어떻게 살려야 하는 것인지 구체적인 방법은 제시되어 있지 않았다.

"데이비드의 몸으로 수술을 해야 하는 걸까? 그게 아니라면 다른 방법을 통해 살리는 것도 카운트가 되는 것일까?"

위중한 환자는 수술을 해야겠지만, 수술을 하는 것만이 환자를 살리는 것은 아니다.

예를 들어 환자가 정신병을 앓고 있다고 생각해 보자.

정신병 환자를 치료하기 위해서는 수술이 아니라 그 병을 앓게 된 심리적 요인을 치료하는 것이 먼저였다.

트라우마를 지닌 지금의 데이비드처럼 말이다.

"아무래도 이건 좀 테스트를 해 볼 필요가 있을 것 같은데."

운이 좋다면, 이번 임무는 굳이 데이비드의 몸으로 수술실에 들어가지 않더라도 완료할 수 있을 것이다.

적어도 내가 생각하는 게 맞는다면, 임무에도 빈틈이란 것은 존재한다.

푸름 재단 NX 어린이 재활 병원.

게임 업계의 명실상부 1위 타이틀을 달고 있는 NX그룹과 비영리공익단체인 푸름 재단의 협력으로 설립된 병원이다.

대한민국 최초의 어린이 재활 병원으로 어린이의 건강한 삶을 목표로 세워졌다.

병원의 모든 시설은 어린이의 눈높이를 고려해 맞춤 제작되었으며, 해당 병원이 요구하는 조건을 충족할 경우 이와 같은 시설들을 공짜나 다름없는 가격으로 이용할 수가 있었다.

또한, 푸름 재단 NX 어린이 재활 병원이 세워지고 나서 국내 어린이 재활 병원의 현실이 언론에 공개되며 사회에 많은 관심을 받았다.

해외의 경우 어린이 전문 재활 병원의 숫자는 미국이 40곳, 일본이 180곳, 독일이 140곳이었다.

대한민국 같은 경우 푸름 재단 NX 어린이 재활 병원이 세워지기 전까지는 어린이를 위한 병원이 단 한 곳도 없었음이 알려진 것이다.

이러한 사실이 알려지고 나자 사회 각계각층에서 도움의 손길이 이어졌다.

하지만 아무리 곳곳에서 따뜻한 손길을 보낸다고 해도 수천수만의 어린이들을 치료하기 위해 들어가는 돈은 천문학적이었다.

그렇다보니 특정 병을 앓고 있는 환자 같은 경우, 후원자가 나타나지 않는 이상은 제대로 된 치료를 받을 수 없는 것이 현실이었다.

스윽-

자동문이 열리고 병원 안으로 들어서자 탁 트인 공간이 눈에 보였다.

어린이 전문 병원이기 때문일까?

병원 특유의 냄새는 나지 않는 곳곳에는 아기자기한 소품들이 있었고, 로비는 하얀색이 아닌 알록달록한 색으로 꾸며져 있었다.

"……병원 같은 느낌이 전혀 안 드는데?"

다양한 정착자의 기억이 있지만, 그들은 물론 나 또한 어린이 재활 병원은 처음 와보는 곳이었다.

[동기화가 향상됐습니다.]

[현재 동기화는 22%입니다.]

그리고 그건 데이비드 역시 마찬가지였던 것 같다.

비록 1%에 불과하지만 동기화가 향상되었다.

씨익-

입가에 희미한 미소가 지어졌다.

어찌 됐든 동기화가 올랐다는 것은 내게 있어서는 좋은 일이었다.

안내 데스크를 향해 걸음을 옮기자 직원이 방긋 미소를 지으며 입을 열었다.

"안녕하세요. 무엇을 도와드릴까요?"

놀랄 정도는 아니지만, 꽤 유창한 영어였다.

"후원을 하고 싶어서 찾아왔습니다."

"아! 후원이요? 잠시만 기다려 주시겠어요?"

일반적으로 후원을 위해 찾아왔다고 하면 놀라는 반응을 보일 법한데, 직원은 태연한 표정으로 응대하며 옆에 놓인 전화기를 들었다.

'생각보다 후원을 하기 위해 찾아오는 사람이 많은가 보네?'

봉사활동, 기부, 후원.

사실 이런 것들은 나와는 거리가 멀다.

물론 KV 백화점 붕괴 사고의 유가족들을 돕기 위해 5천억이라는 거금을 들여 희망 재단을 설립한 건 내 의지였다.

하지만 그 의지가 오로지 유가족들을 위한 순수한 마음 때문만은 아니었다.

무소불위의 권력을 가진 기득권자라고 해도 죄를 지으면 처벌받고 무너질 수 있다는 것을 보여 주고 싶은 내 욕망.

희망 재단이 그 욕망의 표출을 위한 발판이었던 것은 부정할 수 없는 사실이었다.

"네, 그럼 그렇게 전달하겠습니다."

전화기를 들어 잠시 통화를 하던 직원이 이어서 말했다.

"조금만 기다리시면, 담당 부서의 팀장님께서 로비로 내려오실 거예요. 잠시만 기다려 주세요."

"알겠습니다."

그렇게 5분 정도 기다렸을까?

나이는 20대 후반에서 30대 초반 정도 됐을까?

짧은 헤어에 청바지 체크무늬 남방셔츠를 입은 여성이 안내 데스크를 향해 걸어왔다.

분명 연예인처럼 아름다운 외모는 아니었다.

그럼에도 불구하고 평범한 옷차림과 더불어 바라보는 것만으로도 마음을 따듯하게 해 주는 인상을 지닌 묘한 매력의 여성이었다.

"……!"

하지만 무엇보다 내가 놀란 이유는 다른 곳에 있었다.

"예은 씨, 수고가 많아요."

안내 데스크로 걸어온 여성이 직원을 향해 웃으며 인사를 건넸다.

"별말씀을요. 그보다 후원 문제로 찾아오신 이분께 상담이 필요할 것 같아서 신 팀장님께 전화드렸어요."

"잘하셨어요."

슥-

짧은 대화를 끝낸 여성이 고개를 돌려 날 바라보며 오른손을 내밀었다.

"안녕하세요. 푸름 재단 NX 어린이 재활 병원에서 일하고 있는 신소윤이라고 해요."

신소윤.

그녀는 강대호, 문철주와 더불어 한국대학교 출신이자, 나와 학창시절을 함께했던 동기였다.

사람의 인연이 묘하다는 것은 이미 알고 있던 사실이다.

하지만 이런 식으로 미래에서 인연이 이어질 줄은 전혀 생각하지 못했다.

"제 손에 뭐라도 묻었나요? 언제까지 그렇게 쳐다보시기만 할 거예요?"

"아! 미안합니다."

신소윤의 지적에 민망한 듯 내밀어져 있던 손을 서둘러 잡았다.

그러자 그녀가 밝게 웃으며 말했다.

"실례지만, 성함이 어떻게 되시죠?"

"데이비드라고 합니다."

"데이비드…… 좋은 이름이네요. 참! 후원과 관련된 일로 오셨다고 하셨죠? 이럴 게 아니라 자리를 옮겨서 이야기를 나누도록 하시죠. 자, 이리로."

신소윤의 안내에 따라 2층으로 향하는 계단으로 걸음을 옮겼다.

어린이 전문 병원답게 계단은 높이가 낮았으며, 지하철

에서나 볼 수 있는 휠체어 엘리베이터도 설치되어 있었다.

끼익-

소나무라고 적힌 회의실로 들어선 신소윤이 의자를 내주고는 말했다.

"차를 가져올게요. 커피? 녹차? 주스? 어떤 게 괜찮으세요?"

"시원한 물이면 됩니다."

"알겠어요. 그럼, 잠시만요."

그녀가 문을 닫고 사라지자 참고 있던 한숨이 절로 흘러나왔다.

"후우. 그나저나 대체 어떻게 된 거지? 소윤이가 왜 어린이 병원에 있는 거야?"

푸름 재단 NX 어린이 재활 병원은 이름에서도 알 수 있듯 어린이 병원이다.

그리고 신소윤은 나와 같은 한국대학교 법대생이었다.

물론 한국대학교 법대생이라고 해서 전부 사법 고시에 합격하는 건 아니다.

다만 통계적으로 학과에서 TOP 클래스의 성적을 유지하는 학생들의 대부분은 사법 고시에 합격하는 것이 보편화된 사실이었다.

내 기억이 틀리지 않았다면 신소윤은 분명 학과에서 다섯 손가락 안에 드는 성적을 보유하고 있었다.

그러니 지금의 상황이 이해가 되지 않을 수밖에 없었다.

"5년 동안 무슨 일이 있던 걸까?"

생면부지인 남이면 모를까, 그래도 한때는 하루가 멀다고 학교에서 마주쳤던 얼굴이다 보니 자연스레 생각이 깊어질 수밖에 없었다.

끼익—

문이 다시 열리며 신소윤이 회의실 안으로 들어왔다.

그녀가 손에 들린 머그컵을 내 앞에 내려놓았다.

탁—

시원한 물을 부탁했기 때문인지 머그컵에는 얼음이 과할 정도로 한가득 들어 있었다.

"……어, 얼음이 좀 많았나요?"

자신이 생각하기에도 얼음이 많아 보였던지 신소윤이 당황한 표정을 지었다.

'여전하네.'

그녀는 과거에도 그랬다.

성적도 좋고 성격도 똑 부러지는 것 같으면서 어딘지 모르게 맹한 구석이 있었다.

그래서 많은 사람들이 그런 그녀를 좋아 했었다.

본래 사람들은 완벽한 것 같아 보이지만, 생각지 못한 허점이 있는 사람에게 끌리기 마련이었다.

"괜찮습니다. 얼음을 좋아해서요."

"아, 다행이네요. 그보다 제 소개를 다시 할게요. 저는 푸름 재단 NX 어린이 재활 병원의 재무 설계 팀장으로 있는 신소윤이라고 해요."

처음 로비에서 봤을 때 당당하고 자신감 넘치는 모습에 일개 사원은 아니라고 생각했다.

그러나 설마 팀장일 줄이야?

'29살에 팀장이라. 엄청 노력했네.'

신소윤이 내민 명함을 잘 갈무리하며, 대단하다는 말을 억지로 삼켰다.

그리고는 나 역시 지갑에 있는 데이비드의 명함을 꺼내 건네줬다.

명함을 확인한 신소윤이 깜짝 놀란 표정을 지었다.

"어? 의사 선생님이셨어요? 게다가 영국 런던의 세인트 병원이라면 세계적으로도 명성이 자자하잖아요?"

"그 정도는 아닙니다."

겸손하게 대답했지만, 신소윤의 말이 사실이었다.

종합 병원인 세인트 병원은 심장외과 분야에서는 전 세계 최고로 꼽히는 곳이었다.

뿐만 아니라 흔히 권위자라고 불리는 의학계의 거두들 또한 여럿 소속되어 있었다.

당장 세인트 병원의 의사라는 사실만 알려도 한국에 있는 병원의 스카우트 제의가 빗발치듯 쏟아질 것이다.

"그런데 영국의 의사 선생님께서 어떻게 한국, 거기에 저희 병원을 찾아 후원하실 생각을 하셨어요?"

"그게 중요한가요?"

"네? 아, 물론 그런 건 아닌데요."

얼굴이 빨갛게 달아오른 신소윤이 급히 손을 흔들었다.

'끄응, 이놈의 주둥아리.'

나도 모르게 툭하고 말이 튀어나와 버렸다.

급히 설명을 이어 붙였다.

"영국이든 한국이든 도움을 필요로 하는 환자는 전 세계 어디에든 있다고 생각합니다. 나라, 인종, 종교에 상관없이 도울 힘이 있다면 어떤 상황에서라도 돕는 것이 옳다는 게 제 생각이고요. 이 정도면 이유가 되겠습니까?"

"정말 훌륭하신 생각이에요! 그럼요! 나라, 인종, 종교가 무슨 상관이겠어요! 또 도움을 필요로 하는 사람들은 뭔가 큰 걸 바라는 게 아니에요. 반드시 물질적인 게 아니라 따뜻한 말 한마디라도 그들에게는 큰 힘이 된답니다. 특히 어린아이들에게는 더욱 그렇고요. 그러니 조금이라도 누군가를 돕고 싶은 마음이 있다면…… 데이비드 씨의 얘기처럼 어떤 상황에서라도 돕는 것이 저도 옳다고 생각해요."

가볍게 고개를 끄덕이며, 그녀의 말에 동의했다.

확실히 시간이 흘렀지만 신소윤의 성격은 예전 그대로인 것 같았다.

대학생이었을 때도 그녀는 참 사람 돕는 일을 좋아했었다.

"그럼, 이제 후원에 대한 얘기를 나눠 볼까 하는데요. 어떤 방식의 후원을 생각하고 계신지 듣고 싶어요."

"우선 돈만 있으면 치료를 진행할 수 있는 아이를 한 명 돕고 싶습니다."

"네?"

생각지 못한 얘기였기 때문일까?

신소윤의 눈동자가 커졌다.

"쉽게 말해서 수술은 가능하지만 비용이 부족해서 현상 유지 치료만 받고 있는 아이를 돕고 싶다는 말입니다. 혹시 이 병원에는 없는 겁니까?"

"아! 그건 아니에요. 물론 저희 병원에도 그런 아이들이 있답니다. 수술비용이 워낙 커서 일단은 비수술적인 치료를 통해 재활에 집중하고 있는 아이들이 있어요."

"잘됐네요. 그 아이들 중에서 당장 돈만 있으면 치료할 수 있는 아이를 후원하겠습니다."

"……."

신소윤이 이상하다는 얼굴로 날 쳐다봤다.

"왜 그렇게 보십니까?"

"그게 데이비드 씨 같은 후원자 분은 처음이어서요. 일반적으로 후원은 포괄적으로 진행하거나, 그게 아니라면 특정 아이를 정해서 후원하기 마련이거든요."

"저도 정하지 않았습니까? 돈만 있으면 바로 치료할 수 있는 아이 말입니다."

"……."

"신소윤 팀장님."

"네?"

"돈으로 해결할 수 있는 것도 축복입니다."

신소윤이 두 눈을 깜박거렸다.

그리고 내가 입을 열려는 바로 그 순간.

작은 이명이 찾아왔다.

우웅-

순간적으로 정신이 멍해졌다.

이런 현상이 벌어지는 이유는 하나였다.

이 몸의 원래 주인, 데이비드가 개입하는 것이다.

"……약도 있고 수술한 방법도 있고 의사도 있습니다. 하지만 한 가지가 없다면, 치료는 불가능합니다. 바로 돈. 모든 건 돈이 있어야 가능하죠."

"하지만……."

"자식은 부모의 치료비를 마련하기 위해 백방으로 뛰어다니지만, 치료비를 감당하기에는 턱없이 부족합니다. 부모는 자식이 그렇게 백방으로 번 돈을 자신을 위해 쓰지 않고 모아 둔 채 병들어 죽어 갑니다. 건강하게 살아 있는 자식을 위해서겠죠. 만약 이 가정에게 돈이 있었다면, 이런 일이 생길 리가 없겠죠."

"......"

"병은 불행입니다. 하지만 자신의 돈, 혹은 누군가의 돈으로 그 병을 치료할 수 있다는 건 축복입니다. 그리고 그 축복을 타고나는 것도 운명이라고 할 수 있겠죠."

팟!

멍해졌던 정신이 돌아온다.

머리가 살짝 지끈거렸지만, 참지 못할 정도는 아니었다.

그보다는 귓가에 들리는 음성과 뒤죽박죽 떠오르는 기억에 집중했다.

[동기화가 대폭 향상되었습니다.]
[현재 동기화는 30%입니다.]

머릿속에 떠오른 기억.

그건 데이비드의 어린 시절이었다.

세계 최고의 병원에 소속된 의사답지 않게 데이비드의 어린 시절은 몹시 불우했다.

그의 아버지는 지독한 천식 환자였고, 어머니 또한 폐가 좋지 못해서 조금만 걸어도 기침을 토해 내고는 했다.

그런 부모에게는 3명의 자식이 있었는데, 데이비드는

그중 막내였다.

첫째는 데이비드와 6살 터울이었고, 둘째는 3살 차이였다.

부모의 영향 때문이었는지, 둘 모두 태어날 때부터 몸이 몹시도 허약했다.

애초에 부모 또한 돈이 없어 제대로 된 치료조차 받지 못하는 상황이었다.

약?

그것도 데이비드가 태어나면서 제때 처방받지 못하는 게 일쑤였다.

시간이 흐를수록 형편은 어려워졌고 그들의 삶은 매일같이 고통의 연속이었다.

결국 11살이 되던 해에 데이비드의 첫째 형이 죽었고, 그 다음해에 둘째 누나 또한 갑작스러운 고열로 사망했다.

돈이 없어 죽어 가는 자식을 그저 지켜만 봐야 하는 부모의 심정이 어떠했을까?

모든 것이 원망스럽고 저주스러웠을 것이다.

하지만 그렇다고 마지막으로 남은 데이비드를 포기할 수 없었던 부모는 그를 고아원에 맡기고 자취를 감췄다.

다행히 데이비드는 고아원에서 유복한 부모에게 입양되어서 그 뒤로는 큰 걱정 없이 자랄 수 있게 되었다.

유전적으로 몸이 약하긴 했지만, 현대 사회에서 그 정도는 올바른 치료와 규칙적인 생활 습관만 있으면 충분히 개선 가능한 문제였다.

애초에 모든 건 돈이 문제였던 것이다.

이후 의사가 된 데이비드는 백방으로 자신의 친부모를 찾으려고 노력했지만, 별다른 소득을 거둘 수 없었다.

그렇기 때문에 당시의 기억은 데이비드에게 있어 가장 가슴 아픈 기억일 수밖에 없었다.

그리고 그건 그 기억을 고스란히 전해 받은 나 역시 마찬가지였다.

가슴 한편이 먹먹해졌다.

부모의 희생.

그건 내게도 낯선 단어가 아니었다.

'……그래도 잘 버텼어. 어딘가에 계실 부모님도 당신을 꼭 자랑스럽게 여길 거야. 하늘에 있는 형과 누나도 마찬가지고. 내 동생이 사람을 살리는 의사가 됐다고 말이야.'

[동기화가 향상되었습니다.]
[현재 동기화는 31%입니다.]

1%지만 또 다시 동기화가 올랐다.

조금 전의 내 생각에 대한 데이비드의 작은 선물이 아닐까?

"······비드 씨! 데이비드 씨!"

귓가에 들리는 음성에 상념을 지웠다.

눈앞에는 걱정 어린 표정을 짓고 있는 신소윤이 있었다.

"아! 미안합니다. 잠시 옛날 생각이 떠올라서 그만."

"옛날 생각이요?"

"그런 게 있습니다. 그보다 조금 전 제가 말했던 사항에 해당하는 환자는 있습니까?"

다시 한 번 묻자 신소윤이 조심스럽게 입을 열었다.

"저기 이런 질문은 실례지만, 만약 그런 환자가 없다면 후원은 하지 않으실 생각이신가요?"

"그런 환자가 있다면 좋겠지만, 그게 아니더라도 후원은 진행할 겁니다."

"저, 정말요?"

"네."

물론 처음의 계획에는 없던 일이었다.

애초에 내 목적은 실험.

임무라는 것의 틈을 비집어 보는 것이 목적이었다.

하지만 데이비드의 기억을 엿보는 것으로 마음을 달리 먹었다.

'어차피 나쁜 놈들 등쳐서 빼앗은 돈이니까, 조금은 좋은 일에 써도 괜찮겠지. 며칠이라도 행복한 시간을 누릴 수 있을 테니까.'

모든 일이 끝나고 과거로 돌아갔을 때 내가 하는 행동에 따라서 지금의 미래가 이어질 수도 혹은 달라질 수도 있다.

그러니 그저 할 수 있는 한도 내에서 베풀고 갈 뿐이다.

"당장 수술로 치료할 수 있는 아이 한 명의 치료비는 전액 부담하겠습니다. 그리고 그 외에도 1억 원을 후원하도록 하죠."

"정말 감사합니다! 그럼, 후원금 전달은 언제로 하실 건가요? 날짜를 말씀해 주시면 관련 보도를 위한 기자들을 부르도록 할게요."

하긴 대한민국에서 후원은 일종의 SHOW.

정치인, 재벌 등이 사회적 이미지를 개선하기 위한 일종의 연례행사다.

당연히 그 행사를 장식하는 건 수많은 기자들의 기사였다.

하지만 내게 그런 것은 무의미했다.

"기자는 필요 없습니다. 필요하다면 후원금은 오늘 바로 전달해 드리죠. 그보다 병원 쪽에서는 아까 말했던 것처럼 치료받을 아이를 바로 찾아봐 줄 수 있겠습니까?"

"그, 그렇게 급하게요?"

"환자의 입장에서는 이게 급한 거라고 생각하지 않을 텐데요?"

"아! 죄, 죄송합니다. 제가 생각이 짧았어요."

자신의 실수를 깨달은 신소윤이 급히 고개를 숙였다.

"저한테 사과하실 필요는 없습니다. 아무튼 저는 모든 일처리를 빠르고 조용하게 진행하고 싶습니다. 아무것도 바라지 않고 큰돈을 후원하는 건데, 이 정도 조건은 들어주실 수 있겠죠?"

"물론이에요! 그럼, 삼일…… 아니, 내일 오후에 다시 병원으로 방문해 주실 수 있을까요? 관련된 서류를 비롯해서 말씀하신 아이를 찾아보도록 할게요. 어쩌면, 조건에 맞는 아이가 한 명이 아닐 수도 있어서 그때는 후원자이신 데이비드 씨의 선택이 필요할 수도 있어요."

만약 내 예상이 적중한다면, 내게는 많으면 많을수록 좋은 일이었다.

"알겠습니다. 그럼, 내일 오후에 다시 오도록 하죠."

당장 후원할 게 아니기 때문에 자리에 오래 머무를 이유는 없었다.

스윽―

자리에서 일어서자 신소윤 역시 일어났다.

"제가 로비까지 안내해 드릴게요."

회의실에 왔던 것처럼 그녀를 따라 로비를 향해 걸음을 옮길 때였다.

"선생님!"

어린 여자 아이의 목소리에 고개를 돌렸다.

이제 4~5살이나 됐을까?

머리카락을 양 갈래로 땋아 노란 리본으로 묶은 귀여운 여자 아이가 환자복을 입고 신소윤을 향해 달려왔다.

'걷는 게 조금 이상한데? 다리를 다친 건가?'

달려오는 아이의 자세가 이상했다.

달린다기보다는 마치 오른쪽 다리를 질질 끌면서 뛰어오고 있다고나 할까?

"민아야! 선생님이 그렇게 뛰면 안 된다고 했지!"

"히잉……."

깜짝 놀라 소리치는 신소윤의 태도에 민아라고 불린 여자 아이가 입술을 삐죽 내밀었다.

신소윤이 민아의 오른쪽 다리를 만지며 말했다.

"그렇게 뛰다가 넘어지면 크게 다쳐요! 그리고 이 친구도 아직은 민아와 친해질 시간이 필요해서, 그렇게 무리하면 친구가 삐칠지도 모르고."

"삐쳐요?"

"그럼! 아직은 민아랑 만난 지가 얼마 안 됐으니까. 그렇지?"

민아가 이내 활짝 웃으며 고개를 끄덕였다.

그리고는 자신의 오른쪽 다리의 환자복을 슬며시 들어 올렸다.

"음."

민아의 오른쪽 다리를 확인한 순간 나도 모르게 절로 신음이 흘러나왔다.

그곳에는 사람의 다리를 본떠 만든 기계식 의족이 자리를 잡고 있었다.

대체 어떤 큰 사고가 있었기에 이제 꽃피기 시작한 아이의 다리를 완전히 절단한 것일까?

"헤헤, 미안해."

웃으며 의족을 매만지는 민아의 모습이 애잔했는지, 신소연이 슬픈 눈빛으로 그녀의 머리를 쓰다듬어 줬다.

'너도 강해졌구나.'

예전이었다면 그녀는 장소를 가리지 않고 눈물부터 쏟아냈을 것이다.

하지만 슬픔을 꾹 참는 표정을 보니, 다시 한 번 5년이란 세월이 짧지만은 않다는 것을 알 수 있었다.

저벅- 저벅-

걸음을 옮겨 두 사람 곁으로 다가가자 신소윤이 숙였던 몸을 일으켜 세웠다.

"아, 저기 죄송해요. 잠시만 기다려 주시면……."

"괜찮습니다. 혼자서도 충분히 갈 수 있습니다. 지금은 당신이 그 아이와 함께 있어 주는 게 더 좋을 것 같으니까요."

"배려해 주셔서 고맙습니다."

고개를 숙이는 신소윤을 뒤로하고 걸음을 옮겼다.

그러면서 나지막한 목소리로 중얼거렸다.

"……좋은 선택이었던 것 같아. 법복을 입고 활동하는 것보다는 지금의 모습이 훨씬 예쁘다."

"……!"

순간 당황하는 기척이 뒤에서 느껴졌다.

하지만 그 기척은 이내 민아라는 여자 아이의 칭얼거림에 묻히고 말았다.

"선생님! 민아 쉬 마려워요!"

"어? 어, 그래. 민아야, 선생님이랑 화장실 가자."

힐끗 고개를 돌려 화장실이 있는 곳으로 향하는 두 사람을 다시 한 번 쳐다봤다.

따듯한 기운이 느껴지는 모습에 입가에 미소를 짓고 걸음 옮겼다.

정보가 들어오기 전까지 남은 5일의 시간.

그 시간 동안 내 시험은 이제 겨우 첫발을 뗐을 뿐이다.

TIME ROULETTE
타임룰렛

Chapter 135. 삶과 죽음

환자.

국어사전에서는 환자를 병들거나 다쳐서 치료를 받아야 할 사람으로 규정하고 있다.

즉, 외상적인 상처가 아니더라도 병이 있다면 환자로 규정한다는 뜻이 된다.

다시 말해 마음의 병, 심리적 혹은 정신적인 아픔을 지닌 사람 또한 환자로 볼 수 있다.

그렇기 때문에 심리치료와 더불어 정신과 치료를 위한 전문 의사가 존재하는 것이다.

이러한 점에서 나는 하나의 가정을 세워 봤다.

만약 극심한 우울증과 스트레스로 인해 자살을 결심한 사람이 있고, 내가 그 사람의 목숨을 구한다면 어떻게 될까?

나아가 그가 우울증을 겪거나 스트레스를 받아야 했던 근본적인 이유를 해결해 준다면, 이 또한 그 사람의 목숨을 살린 것으로 시스템은 인식할까?

단순히 가정과 상상만으로는 답을 내릴 수 없는 문제였다.

그렇기 때문에 푸름 재단 NX 어린이 재활 병원을 벗어나서 이곳을 찾아왔다.

쏴아아ー

여름임에도 불구하고 시원한 강바람이 부는 한강으로 말이다.

"OECD 국가 중에서 대한민국 자살률이 1위라고 했지."

뉴스에서 본 기억이 났다.

OECD. 1961년 9월에 창설된 국제 경제 기구로, 발족 당시에는 20개국이었지만 현재는 38개국이 가입되어 있다.

가입된 국가 과반수가 선진국이기 때문에 흔히 선진국 클럽이란 별칭으로 불리기도 했다.

이런 OECD 국가 중에서 대한민국의 자살률은 1위.

하루 평균 37명이 자살로 생을 마감하고 있었다.

이는 암, 심장 질환, 뇌혈관 질환, 폐렴 등에 이어 5번째 사망 원인으로 꼽혔다.

웃긴 일이 아닐 수 없다.

세상천지 인간이 죽음을 맞이하게 되는 원인은 무수히 많다.

그런데 스스로 목숨을 끊는 것이 무려 사망 원인의 5번째인 것이다.

그럼 이 자살의 이유는 뭘까?

수많은 이유가 있겠지만, 단연 손꼽히는 이유는 하나였다.

"경제적 어려움. 바로 돈이지."

돈은 사람이 사람답게 살기 위해 불가결의 요소다.

애초에 돈이 없으면, 자본주의 국가에서는 기본적인 혜택조차 누릴 수 없기 때문이었다.

국가에서 제공하는 복지?

복지는 말 그대로 복지였다.

반드시 제공해야 하는 것이 아닌, 선택에 의한 혜택.

국가의 경제가 어렵고 사정이 힘들어지면, 제일 먼저 예산이 삭감되고 관련된 법이 대거 개정되는 게 바로 허울 좋은 복지였다.

그렇기 때문에 단 한 번의 실수로 큰돈을 잃은 사람들 대부분은 최악의 선택을 한다.

바로 자살.

자신을 제외한 가족과 다른 이들이 고통받지 않기 위해 자살을 택하는 것이다.

그리고 아이러니하게도 서울의 젖줄로 알려진 한강은 자살을 생각하는 사람들이 가장 많이 찾는 장소 중 하나였다.

오죽하면, 서울의 마포대교에는 이러한 글들이 빼곡하게 적혀 있을까?

[힘든 일은 모두 털어 버리고 다시 일어나길.]

[바깥바람 쐬니까 기분이 참 좋죠?]

[오늘 하루 어땠어?]

[바람 참 좋다.]

[긴 다리를 건너면 겨울 지나듯 새봄이 당신을 기다리고 있겠지요.]

[잘 지내지?]

[커피 한 잔 어때?]

[사랑한다.]

[아들의 첫 영웅이고 딸의 첫사랑인 사람. 아내의 믿음이고 집안의 기둥인 사람. 당신은 아빠입니다.]

자살을 생각한 사람은 심리적으로 매우 불안정하다.

그만큼 단순한 글귀 한 구절, 노랫소리, 전화 한 통에도 심정이 크게 변할 수 있다.

아빠가 보고 싶다는 자식의 해맑은 한마디에 자살을 생각했다가도 발걸음을 돌려 집으로 향하는 것처럼 말이다.

저벅– 저벅–

한강 대교를 따라 얼마를 쭉 걸었을까?

저 멀리 난간에 기대어 물끄러미 한강을 내려다보고 있는 중년의 사내가 보였다.

앞의 난간에는 소주 병 하나가 놓여 있었다.

누가 보더라도 심상치 않은 분위기가 느껴지는 상황이었다.

마음을 다잡고 조심스레 그 곁으로 걸음을 옮기기 시작했다.

올해 52살인 성실만은 서울 소재의 작은 중소기업 부장이었다.

그는 명문대를 나온 것도 아니고 특별한 기술이 갖추지도 못했다.

하지만 한 직장에 뼈를 묻으라는 부모의 말에 따라 첫 입사한 직장에서 성실하게 그리고 열심히 노력했다.

그 덕에 회사에서 나름 인정받으며 지금의 자리까지 올 수 있었다.

물론 조금만 눈을 돌려 다른 곳을 바라보면 자신보다 훨씬 어리면서 더 많은 연봉을 받는 사람들도 있었으며, 건물이나 부동산 투자에 성공해 떵떵거리고 사는 이들도 있었다.

그러나 그는 줄곧 돈이란 성실하고 땀 흘리며 버는 것이 옳다고 믿는 사람이었다.

그렇기 때문에 살면서 주식거래, 부동산 투기, 가상 화폐는 거들떠보지도 않았다.

심지어 고스톱이나 카드 같은 것조차 손을 대지 않았다.

그렇게 올곧게 수십 년을 살아왔는데, 단 한 순간의 욕심이 모든 것을 망쳐 버리고 말았다.

"하아……."

입속에서 술 냄새 섞인 한숨이 뿜어져 나왔다.

"병신 같은 자식! 미친놈! 이 병신아!"

다른 누군가가 아닌 바로 자신에게 하는 소리였다.

귓가로 6개월 전 직장 동료이자 부하직원인 차 과장이 했던 말이 들려왔다.

[부장님, 저한테 정말 좋은 소스가 있는데. 투자 한번 해 보실 생각 있으세요? 이거 투자만 하면 정말 최소 두 배에서 세 배는 먹는 소스입니다.]

평생 도박성 투자와는 거리가 멀었던 성실만은 당연히 차 과장의 제안을 거절했다.

차 과장이 몇 번 더 제안했지만, 그는 단호했다.

그렇게 한 달 정도 지났을까?

차 과장이 싱글벙글한 얼굴로 회사에 고급 차량의 대명사인 P사의 SUV를 끌고 나타났다.

사람들이 달려들어 어떻게 된 일이냐고 물었을 때, 차 과장은 운 좋게 투자한 주식이 대박이 났다고 말했다.

그러면서 아쉽다는 눈길로 성실만을 쳐다봤다.

하지만 성실만은 그 눈길을 받지 않았다.

말 그대로 차 과장의 운이 좋았다고 생각했고, 그런 운은 일생에 한 번 있을까 말까라고 생각했다.

그렇게 시간이 흘러가던 어느 날.

또 다시 차 과장이 다시 성실만을 찾았다.

[부장님! 이번 건 진짜 대박입니다. 저번 거랑은 비교가 안 될 정도의 소스라고요. 정말 저 대리 시절 때부터 부장님이 챙겨 주시지 않았으면 이런 말도 안 하는데, 저번 투자 건도 제 말이 맞았잖아요? 정말 이번 딱 한 번만 절 믿고 투자해 보세요. 절대 후회하지 않으실 겁니다.]

그는 이번 소스는 전보다 두 배는 더 먹을 수 있는 정보라고 했다.

하지만 이번에도 성실만은 거절했다.

그리고 다시 한 달 정도가 흘렀을 때, 차 과장의 직속 후배였던 이 대리의 차가 외제차로 바뀌었다.

또 차 과장이 일산에 40평대 아파트를 샀다는 소문이 직원들 사이에서 빠르게 퍼져 나갔다.

마침 딸의 결혼 혼수 문제로 고민하고 있던 성실만은 흔들릴 수밖에 없었다.

차 과장의 말을 듣고 1천만 원, 아니 2천만 원만 투자했어도 딸의 혼수 문제는 물론 남부럽지 않게 시집을 보냈을 수 있었을 텐데 라는 생각이 머릿속을 지배했다.

그렇게 이런저런 고민이 깊어질 무렵.

차 과장이 3번째 제안을 해왔다.

[……부장님, 마지막입니다. 이 정도면 부장님이 저 잘 챙겨 주셨던 것에 대한 보답은 충분히 한 것 같아요. 뭐, 저도 이번만 투자하고 손 털 생각이니까요. 저번처럼은 아니지만 제가 처음 드린 제안만큼은 드실 수 있을 테니, 생각 있으시면 말씀하세요.]

차 과장은 두 번째 제안 때보다는 아니지만, 첫 번째 제안을 했을 당시만큼은 돈을 벌 수 있는 소스라고 했다.

성실만은 딱 한 번만이라고 생각했다.

하늘이 두 쪽이 나도 이번이 처음이자 마지막이라고 말이다.

결국, 그는 딸의 결혼 자금으로 들고 있던 5천만 원을 털어 차 과장이 추천한 종목에 올인했다.

1주일이 지나고 2주일이 지나자 놀랍게도 5천만 원은 6천5백만 원이 되어 있었다.

잠만 자고 일어났을 뿐인데, 한 달도 되지 않아 자신의 월급 3배를 번 것이다.

성실만은 욕심이 났다.

어쩌면 지금의 기회가 자신의 인생에 있어서 마지막 기회가 되지 않을까?

여윳돈으로 투자한 차 과장과 달리 성실만은 돈을 끌어모으기 시작했다.

살고 있던 집을 담보로 대출을 받고 신용대출은 물론 난생 처음 마이너스 통장이란 것도 만들어 돈을 끌어모았다.

그렇게 4억이 넘는 돈을 주식에 모두 투자했다.

딱 2배, 정확히 2배만 먹고 나올 생각이었다.

그 돈이면 딸의 결혼은 물론 자신의 노후까지 해결할 수가 있었다.

하지만 그건 악몽의 시작일 뿐이었다.

가파르게 상승 곡선을 그리던 주식은 성실만이 투자한

기점을 시작으로 미친 듯 곤두박질치기 시작했다.

주식에 투자했던 4억은 3억이 됐고 당황하는 사이 2억까지 떨어졌다.

뒤늦게 정신을 차린 성실만이 어떻게든 투자한 돈을 회수해 보려고 했지만, 그때는 이미 주식의 가치가 1억 언저리까지 폭락한 뒤였다.

그마저도 고민을 하는 사이 또 한 번의 폭락을 거듭했고, 결국 성실만이 건질 수 있던 건 5천만 원뿐이었다

성실만은 모든 것이 꿈을 꾸는 것 같았다.

당장 갚아야 할 이자만 한 달에 수백이었다.

게다가 몇 달 뒤면 딸의 결혼식이었다.

수중에 남은 5천만 원으로 딸을 결혼시키고 나면, 자신 부부는 당장 길거리로 쫓겨날 판이었다.

모든 것의 시작인 차 과장을 욕할 수도 없었다.

권유는 했지만 애초에 그는 분명하게 말했다.

주식은 여윳돈으로 하는 것이라고.

빚을 내서 하는 순간, 가게 될 곳은 한강밖에 없다고 말이다.

그리고 그 말을 어기고 빚까지 내서 주식에 투자한 건 성실만 바로 본인이었다.

"큭…… 크큭."

한강을 바라보던 성실만이 웃음을 흘렸다.

돈을 잃은 그날부터 회사의 일은 손에 잡히지 않고 집으로 들어가고 싶지도 않았다.

아내와 딸을 보는 것이 미친 듯 괴로웠다.

평생 곧고 올바르게 살아왔다는 것을 자랑으로 삼았는데, 주식에 투자해서 수억을 날렸다는 말을 차마 가족에게 할 수가 없었다.

무섭고 두려웠다.

그리고 그때 떠오른 게 바로 이 한강과 자신의 사망보험금이었다.

보험은 부랄 친구의 권유로 꽤 오래 전부터 들었던 것이었고 덕분에 액수가 제법 되었다.

보험금만 제대로 나온다면, 빚을 갚기에는 어려움이 없을 것이다.

"……빚만 갚으면 모든 것이 원래대로 돌아갈 거야."

물론 전제 조건은 있었다.

자신이 죽어야 한다는 점이었다.

벌컥- 벌컥-

성실만이 난간에 올려 두었던 소주를 그대로 입으로 가져가 부었다.

눈빛은 흐려졌고 온갖 감정 속에서 오기가 전신을 휘감았다.

"그래, 죽자 죽어. 나 같은 놈이 더 살아서 무엇하겠어."

스윽―

마음을 먹은 성실만이 떨리는 손으로 난간을 부여잡았다.

그리고 조심스레 발을 난간 위로 걸쳤다.

머릿속에 아내와 딸의 웃는 얼굴이 떠올랐다.

잠시 망설임이 생겼지만, 누군가 악마처럼 속삭였다.

[과연 당신이 수억의 빚이 있다는 것을 알고도 그들이 그렇게 웃어 줄 수 있을까?]

환청임이 틀림없었다.

하지만 반박할 수가 없었다.

맞는 말이니까.

가족들에게 사실을 말하는 순간, 더는 자랑스러운 남편, 아버지로 남을 수가 없었다.

여기서 모든 것을 끝내는 게 맞았다.

"여보, 행복해야 해. 지민아, 못난 아빠를 용서하렴⋯⋯."

눈을 질끈 감은 성실만이 남은 다리마저 난간 위에 올리려는 순간이었다.

확!

목덜미에서 느껴지는 강력한 힘에 의해 휘청거리던 그가

이내 뒤로 넘어졌다.

쿵–

"으으……."

등에서 느껴지는 고통에 인상을 찌푸린 성실만이 고개를
돌려 위를 쳐다봤다.

그곳에는 태양 빛을 가릴 정도로 큰 키의 외국인이 미소
를 지으며 서 있었다.

예상이 맞았다.

낮 시간에 청승맞게 소주병을 들고 한강대교를 찾는 일
이 뭐가 있을까?

분명 좋지 않은 마음을 먹고 온 것이 분명했다.

그리고 한편으로는 놀랍기도 했다.

한강에서 자살 시도를 하는 사람이 많다는 얘기는 들었
어도 직접 보는 건 처음이었다.

"누, 누구요? 아, 아니 후…… 후 아 유?"

어색한 영어에 입가에 미소를 짓고 말했다.

"한국말 할 줄 압니다. 그보다 이름이 뭡니까?"

"……?"

"이름이요. 이름 없어요?"

"서, 성실만이요."

순간 놀랐다.

지금 상황과는 정말 어울리지 않는 이름이었다.

"……엄청 성실해 보이는 이름이네요. 근데 이름처럼 성실하게 사셔야지 왜 죽으려고 하는 겁니까?"

"외국인인 그쪽이 상관할 바 아니니까 가던 길이나 가시오."

몸에 묻은 흙먼지를 털어 내며 자리에서 일어난 성실만이 냉정한 목소리로 말했다.

"눈앞에서 사람이 죽는데 외국인이라는 게 뭐가 중요합니까?"

"그냥 가라니까!"

성실만이 버럭 소리를 내질렀다.

하지만 그것도 잠시였다.

이내 스스로에게 놀란 그가 더듬거리며 말을 이어 갔다.

"미, 미안합니다. 내가 원래 이렇게 화내거나 소리를 지르는 사람이 아닌데……."

"미안하면, 잠시 얘기 좀 하죠. 이곳에서 왜 죽으려고 했는지 얘기나 한번 해 보세요."

"네?"

"혹시 압니까? 저한테 얘기하고 나면 심정의 변화가 생겨서 다시 살고 싶을 수도 있잖아요. 심정 변화가 생기지 않는다면, 다시 뛰어내려도 됩니다. 어차피 죽을 거면, 30분 뒤에 죽더라도 달라지는 건 없지 않습니까?"

"……."

성실만이 황당하다는 표정으로 나를 쳐다봤다.

"동료, 친구, 가족에게도 하지 못했던 얘기. 어차피 오늘 한 번 보고 스쳐 지나갈 사람인 제게 속 시원하게 해 보세요."

잠시 망설이던 성실만이 이내 시선을 돌려 한강을 쳐다봤다.

그렇게 차 한 잔 마실 시간이 지났을까?

한강을 바라보던 성실만의 입술이 열리기 시작했다.

"……그래서 죽으려고 했던 겁니다."

성실만의 얘기에서는 슬픔, 원망, 서러움, 괴로움, 죄책감 등 다양한 감정이 느껴졌다.

"흠, 4억이라…… 꽤 큰돈이네요."

"큰돈이지요. 그래서 저도 제 자신이 이해되지 않습니다. 대체 무슨 생각으로 그 돈을 그렇게 썼는지. 살면서 만 원짜리 한 장 그런 곳에 써 본 적이 없었는데 말입니다."

"그래요? 저는 이해가 됩니다만."

"네?"

놀란 표정으로 성실만이 나를 쳐다봤다.

그런 그를 보며 말했다.

"이유라고 할 게 뭐가 있겠습니까? 그냥 더 잘해 보고 싶었던 것 아닙니까?"

성실만이 고개를 연신 끄덕였다.

"마, 맞습니다. 잘하고 싶었습니다."

"가족에게 존경받는 아버지가 되고 싶었던 거죠. 딸을 부족함 없이 시집보내고 싶고, 노후 자금은 다 준비했으니 걱정하지 말라는 믿음을 아내에게 주고 싶었고요. 당신이 아니라 가정을 책임지는 대한민국의 아버지라면 다 같은 심정이었을 겁니다."

"……."

나를 쳐다보던 성실만의 눈가가 붉게 달아올랐다.

이내 그가 울먹이는 목소리로 말했다.

"정말…… 정말 잘하고 싶었습니다. 남한테 피해 한 번 끼치지 않고 열심히 노력해서 살았으니, 하늘이 제게 한 번쯤은 기회를 주지 않을까 싶었습니다. 그래서…… 그래서 큭…… 크흐흑."

결국, 그의 눈가에서 눈물이 볼을 타고 흘러내렸다.

감정의 복받침과 자신이 처한 현실을 견딜 수 없던 것이다.

'하늘이라.'

룰렛의 힘을 이용해서 지내고 있는 내가 하늘이 없다고 부정할 수는 없다.

머천트를 통해 신의 존재에 대한 것도 들은 마당에 말이다.

하지만 누구보다 성실하고 착하게 살았다고 해서 과연 신이 알아주고 보듬어 줄까?

룰렛과 같은 도구와 여행자라는 존재를 만들어서 마치 게임을 관전하듯 지켜보는 그 존재가?

그저 웃음이 날 뿐이다.

"성실만 씨."

"크흑…… 흑흑."

"성실만 씨!"

"예?"

"빚이 총 4억이라고 하셨죠?"

"맞습니다."

4억은 분명 적은 액수가 아니었다.

하지만 사람 목숨과 비교했을 때 4억이란 돈이 과연 큰 돈일까?

분명 어렵기는 하지만 절대 갚을 수 없는 액수의 돈이 아니라는 것만큼은 분명했다.

특히 가족들에게는 더욱 그럴 것이다.

"4억 때문에 아버지가 자살했다는 것을 알면 과연 딸이 행복하게 결혼할 수 있을 것 같습니까?"

"그, 그건……."

"홀로 남은 부인이 당신의 사망 보험금으로 즐겁게 살아 갈 수 있을 거라고 생각했습니까?"

"……."

"당신이 죽어서 마련한 돈. 그 돈으로는 아무도 행복해 지지 못할 겁니다. 오히려 돈 때문에 아버지, 그리고 남편 을 죽게 했다는 죄책감이 그들을 평생 괴롭히게 될 겁니 다."

콰직―

입술을 깨문 성실만이 소리쳤다.

"하, 하지만 방법이 없단 말입니다! 내 나이 52살입니다. 지금 받는 돈으로는 대출금과 마이너스 통장의 이자를 갚 고 나면 남는 게 없습니다. 나한테는…… 나한테는 방법이 없다고요."

고개를 푹 숙이는 그를 향해 말했다.

"그럼, 방법이 있다면 자살은 안 하시겠네요?"

성실만이 어이가 없다는 얼굴로 고개를 다시 들었다.

"바보 같은 소리를! 세상에 죽고 싶어 죽는 사람이 어디 있겠습니까? 조금의 희망이라도 있다면, 누구보다 열심히 살 겁니다. 내 딸이 결혼을 하고 자식을 낳고 행복하게 사 는 모습, 나도 그 모습이 보고 싶단 말입니다!"

"좋습니다. 제가 그 문제를 해결해 드리죠."

"……?"

"집을 담보로 대출한 금액을 제외하고 당장 갚아야 할 돈이 대충 2억 원이라고 하셨죠?"

"그, 그렇습니다."

"계좌번호 불러 보세요."

"......?"

성실만의 눈동자가 흔들린다.

그는 갑작스럽게 닥친 지금의 상황을 제대로 이해하지 못하고 있었다.

다시 한 번 차분한 목소리로 말했다.

"계좌번호요. 기억 못 하십니까?"

"외, 외환은행. 010xxxxxxx입니다."

데이비드의 휴대폰을 꺼내 곧장 은행 어플을 실행시켰다.

그리고는 성실만의 계좌로 2억 원을 이체시켰다.

한 사람을 자살까지 내몬 금액의 절반을 이체시키는 데는 고작해야 1분도 걸리지 않았다.

우웅-

갑작스레 호주머니에서 느껴지는 진동에 성실만이 휴대폰을 꺼냈다.

[200,000,000원이 입금되었습니다.]

"어? 이, 이게 대체……?"

휴대폰의 액정을 확인한 성실만의 얼굴이 경악으로 물들었다.

"입금이 잘됐나 보군요."

"무, 무슨 짓을 하신 겁니까?"

"돈 때문에 죽으려고 하시기에 조금 도와 드린 겁니다. 남은 액수는 앞으로 살아가면서 갚아 나가실 수 있겠죠?"

이제는 입까지 벌린 표정으로 그가 나를 쳐다봤다.

"그러다 입 안에 벌레가 들어가겠습니다."

"대, 대체 저한테 이 큰 돈을 왜……."

"오늘 이 자리에 당신이 있었으니까요."

"네?"

"말 그대로입니다. 하필 이 자리에 당신이 있었고 절 만났기 때문입니다."

"그, 그런……."

"자, 이제 어느 정도 빚을 갚을 돈이 생기셨는데. 그래도 자살해서 사망 보험금을 받으실 생각입니까?"

"절대 아닙니다! 죽긴요! 살아야지요! 정말 최선을 다해서 열심히 살 겁니다."

화들짝 놀란 성실만이 양손을 바삐 내저었다.

그 모습에 빙그레 미소를 지었다.

애초에 내가 성실만을 돕는 이유는 실험을 하기 위해서
였다.

다시 말해서 어떤 구구절절한 사연을 지닌 사람이든 간
에, 오늘 이 순간 자살을 하려고 했다면 난 똑같은 선택을
했을 것이다.

그럼, 어째서 그가 빚진 4억을 전부 해결해 주지 않았을
까?

간단하다.

이 또한 시험의 하나다.

이미 그의 계좌번호를 알았으니, 내가 데이비드의 몸을
빌리고 있는 이상 언제든 남은 금액을 보내 줄 수 있다.

하지만 처음부터 모든 돈을 줘 버리면, 체계적으로 궁금
증을 해결할 수가 없었다.

'자, 그럼 이제 시스템은 어떤 반응을 보이려나?'

그리고 바로 그 순간 기다리던 알림음이 떠올랐다.

띠링!

[마음이 병든 환자의 목숨을 살렸습니다.]
[카운트가 갱신되었습니다.]

재빨리 임무창을 활성화시켜서 내용을 확인해 봤다.

〈환자의 목숨을 살려라〉

목표: 환자의 목숨을 살려라(1/5)

설명: 영국의 외과의사인 데이비드는 최근 집도한 수술이 실패하며 환자가 목숨을 잃었고, 이로 인해 병원에서 징계를 받았습니다.

이후 그는 극심한 트라우마에 시달리며 매일같이 술로 하루를 지새우고 있습니다.

14일 동안 트라우마를 극복하고, 환자 5명의 목숨을 살리세요.

'럭키!'

시스템의 알림대로 0이었던 카운트가 1이 되었다.

그와 더불어 특별한 페널티나 임무의 변화 또한 없었다.

생각해 볼 수 있는 답은 두 가지였다.

첫째는 지금의 행동이 시스템의 규칙에 포함된다는 것이고, 둘째는 애당초 허점을 보완할 대비책이 없었다는 것이다.

전자든 후자든 어찌 됐든 내게 나쁜 상황은 아니었다.

'차라리 한강 인근을 순회하면서 자살 시도를 하는 사람을 찾으면…… 아니야. 계속 이렇게 운이 좋으리란 보장은 없으니까. 자칫했다가는 시간만 날릴 수도 있어.'

아무리 하루에 30명이 넘는 사람이 자살로 생을 마감한다고는 하지만, 그들 모두가 한강을 찾아오는 것은 아니었다.

또한 사업 실패로 인해 막대한 빚을 떠안고 오는 사람의 경우도 있었다.

그런 사람의 경우, 내가 보유한 돈으로는 당장의 어려움은 해결할 수 있을지는 몰라도 궁극적으로 마음의 병을 치료하는 것은 불가능했다.

수십억, 수백억을 빚진 사람에게 수억을 지원해 준다고 한들 티가 나겠는가?

밑 빠진 독에 물 붓기에 불과했다.

그러니 성실만과 같은 경우를 생각하고 다시 한강 주변을 맴도는 것은 바보 같은 짓이었다.

'일단은 내일 후원을 하고 그 또한 시스템에서 통하는지 확인해 보자. 그것 역시 카운트로 인정이 되면, 또 다른 방법을 찾아볼 수 있을 테니까.'

마음을 정하고 시선을 돌려 성실만을 쳐다봤다.

조금 전까지만 해도 마치 죽을 날을 선고받은 사람 같았던 표정이 그사이 많이 밝아져 있었다.

"그럼, 따님 결혼 잘 시키시고 지금까지 그랬던 것처럼 성실하게 잘 사시기 바랍니다."

"가, 가시려고요?"

"왜요? 무슨 할 말이라도 더 있으십니까?"

"……."

당황하는 그를 보며 어깨를 으쓱거렸다.

볼일이 끝났으니, 더는 이곳에서 시간을 허비할 필요가 없었다.

지금 이 순간에도 내가 이 세계에 남아 있을 시간은 계속 줄어들고 있었다.

"그럼, 이만."

걸음을 옮겨 성실만을 막 지나치려는 순간이었다.

"저기요!"

"……?"

"이런 말이 미친 소리로 들릴 수도 있겠지만. 호, 혹시 불쌍한 저를 위에서 하늘에서…… 그러니까 당신은 신께서 보내 주신 천사입니까?"

"푸웃."

이건 또 무슨 소리일까?

하지만 말을 꺼낸 성실만의 표정은 더없이 진지했다.

"그렇지 않으면 말이 안 되니까요. 죽을 결심을 한 제게 이런 기적이 벌어지다니. 그러니까 제가 열심히 살았기 때문에 신께서 이런 기회를 주신 게 아닐까 해서 말입니다. 당신은 신이 아니면 천사이십니까?"

아무래도 떠나기 전 이 순진하신 분의 환상은 깨 주고 가야겠다.

"성실만 씨."

"네!"

"당신이 아무리 열심히 살아도 신은 쳐다보지 않습니다. 세상에 열심히 사는 사람이 오직 당신 한 사람뿐인 것 같습니까? 신의 입장에서 보기에 당신은 바닷가의 모래알입니다. 모래알 하나에 관심을 두는 사람은 없죠. 그러기엔 모래알의 수가 너무 많으니까요."

아까도 말했지만 내가 생각하는 신은 이런 재미없는 것에 관심을 둘 존재가 아니었다.

'철저한 방관자, 그게 아니면 사이코패스. 아! 이런 생각을 했다고 천벌을 받지는 않겠지?

그랬다면 이미 수차례 받았을 테니 그런 걱정은 하지 않아도 될 것 같다.

아무튼 얼이 빠진 표정의 성실만을 바라보며 말을 이어 나갔다.

"그러니까 신이 당신을 도와줬다고 생각하지도 말고 앞으로 이런 기회가 또 있을 거라고도 착각하지 마세요. 오늘의 일은 그냥 뭐랄까. 길가를 걷다가 100원 짜리 동전 하나 주운 정도의 운이라고 생각하면 됩니다. 사람이 살아가면서 그 정도 돈은 누구나 한 번쯤 줍잖아요? 오늘 일은 딱 그 정도의 운이었던 겁니다."

"하, 하지만 그래도 어떻게 100원이랑……."

"그럼, 500원 정도라고 생각하세요. 운이 조금 좋으셨네요."

성실만은 여전히 황당한 표정을 짓고 있었다.

아쉽지만 그 표정을 계속 감상할 여유는 내게 없었다.

"그럼, 좋은 하루 되세요. 아! 집에 갈 때 가족이 좋아하는 음식이라도 사 가시면 좋겠네요. 예를 들면 치킨? 피자도 좋고요. 본인은 모르겠지만, 한동안 가족들의 마음고생이 심했을 겁니다. 아셨죠?"

"아, 알겠습니다."

"이제 정말 작별입니다."

말을 끝마치고 다시 걸음을 옮겼다.

'……말을 하지 않으면, 가족들은 모를 것이라고 생각했겠지. 하지만 진짜 가족이라면 모르지 않았을 거야. 얘기해 주길 기다렸던 거지. 그게 가족이니까.'

성실만은 홀로 모든 고민을 떠안았다고 생각했겠지만, 실상은 가족들도 뭔가 큰일이 터졌음을 눈치 채고 있었을 것이다.

그럼에도 모른 체하며 기다렸던 것은 아마 성실만을 향한 가족들의 믿음이 있었기 때문이었을 것이다.

스윽―

걸음을 걷다가 고개를 들어 푸른 하늘을 쳐다봤다.

그 하늘에서 마치 누군가 날 바라보는 기분이 들었다.

착각일까?

착각이든 그게 아니든 크게 상관없었다.

피식 웃으며 중얼거렸다.

"……어떻게 아냐고?"

다른 누군가의 기억이 아닌 내 경험에 의해서다.

나를 지켜보는 내 아버지도 그랬으니까.

"음, 이 아이는 상태가 어떻습니까?"

푸름 재단 NX 어린이 재활 병원.

신소윤은 약속대로 내가 말한 조건에 부합되는 아이들의 신상 정보가 담긴 서류를 가져왔다.

총 다섯 장의 서류.

그중 내가 선택한 아이는 정이환이라는 이름을 가진 3살의 사내 아이였다.

서류에 적힌 내용에 따르면 희귀병 심장 질환을 앓고 있는 환자였다.

정확한 원인은 알 수 없지만, 심장근육이 점차 약해지고 딱딱하게 굳는 '특발성 제한 심근병'이 문제였다.

심장 근육이 굳을 경우 심장의 수축과 이완 기능에 문제가 생겨 혈액순환이 어렵게 되기 때문이었다.

이럴 경우 치료 방법은 두 가지였다.

첫째는 심장이식을 받는 것이고, 둘째는 심실 보조 장치 이식술이었다.

대체로 병원에서 권유하는 방법은 후자인 심실 보조 장치 이식술이었다.

전자의 경우 아이의 나이가 너무 어려 적합한 대상을 찾을 수 없다는 게 가장 큰 이유였다.

물론 후자의 경우도 문제는 있었다.

현재 정이환의 상태가 꽤 심각해서 심장의 한쪽이 아닌 양쪽 심실 모두에 인공 심실 장치를 이식받아야 했다.

당연히 그 비용이 만만치 않았다.

심실 보조 장치의 경우 건강보험이 적용되지 않기 때문에, 단순 의료기기의 가격만 최소 1억 5천만 원이었다.

더불어 수술비용도 300만 원이 훌쩍 넘었으며, 이후 경과에 따른 약물치료비용도 만만치 않았다.

여러 후원 단체에서 도움을 주고 있다곤 하지만, 실질적인 수술비용에는 한참 미치지 못해 수술이 차일피일 미뤄지고 있는 상황이었다.

'서류를 보면, 비용을 제외한 다른 부분에서는 모두 긍정적이야. 병원 측에서도 수술 성공률을 높게 점치고 있는 상황이고 말이야.'

의사는 환자의 병을 치료함에 있어 확신하지 않는다.

99%의 성공을 자신하는 수술이라 할지라도, 늘 1%의 불확실성을 염두에 두어야 하기 마련이었다.

그렇기 때문에 간단한 수술이라고 해도 늘 환자에게 최악의 경우에 대해서 언급한다.

자칫 이로 인해 환자가 필요 이상의 두려움을 느낄 수도 있지만, 의사 또한 신이 아닌 이상 어쩔 수 없는 일이었다.

내가 선택한 서류를 확인한 신소윤이 고개를 끄덕였다.

"……현재 지속적으로 약물치료를 진행하고 있지만, 어디까지나 현상 유지를 위한 임시방편에 지나지 않아요. 약물이 독해서 계속 사용하기에도 무리가 있고요."

"흐음."

턱을 쓰다듬으며, 서류에 시선을 고정했다.

재단에 단돈 1억이 없어서 치료를 미루고 있는 것은 아닐 것이다.

그런데도 수술비용을 지원할 수 없는 것은 재단에서 도움을 줘야 하는 아이가 단순히 1명이 아니기 때문이었다.

사람의 목숨에는 값어치가 없다고 하지만 재단 입장에서는 1억 원으로 아이 한 명의 목숨을 살리는 것보다 다른 수십 명의 아이를 돕는 쪽이 옳다고 여길 것이다.

"병원 쪽에서는 빠른 시일 내에 수술에 들어가지 못하면 더는 손을 쓰기 힘들다는 입장을 보이고 있지만, 치료에 드는 비용이 워낙 커서 쉽지가 않은 상황이에요."

"치료비를 입금하면 수술은 바로 가능하고요?"

"그렇지 않아도 문의해 보니, 수술비용의 처리가 가능하고 보호자가 동의한다는 서명만 한다면, 48시간 이내로 수술에 들어갈 수 있다고 했어요."

이틀이면 그리 긴 시간도 아니었다.

"좋습니다. 그럼, 일단 이 아이를 후원하겠습니다. 수술에 드는 돈은 제가 전액 부담하도록 하죠."

"서, 서류에 적힌 금액은 확인하신 거 맞죠?"

혹시나 하는 생각 때문일까?

놀란 표정의 신소윤이 되물었다.

탁–

대답 대신 미리 준비해 온 007가방 두 개를 테이블에 올렸다.

"가방에 1억씩 들어 있습니다. 일단 아이의 치료비를 우선적으로 후원하고, 남은 금액은 이곳 병원의 아이들을 위해 재단에 기부하도록 하겠습니다."

말을 끝내고 007 가방의 잠금 장치를 풀었다.

딸칵–

열린 가방 사이로 모습을 보인 것은 누런 지폐 뭉치.

100장씩 묶인 5만 원짜리 지폐였다.

꿀꺽–

"저, 저기 그러니까 이럴 게 아니라 저랑 같이 아이 부모님이라도 만나 보시는 게 어떨까요? 겸사겸사 후원하시는 아이의 얼굴도 한번 보시면 좋을 것 같아서요."

"왜요?"

"네?"

"가서 생색이라도 내라는 건가요? 내가 돈을 후원해서 당신 아들 목숨을 살릴 수 있게 됐다고?"

벌떡!

"그, 그런 뜻이 아니에요!"

용수철 튕기듯 자리에서 일어난 신소윤이 양손을 내저었다.

"그냥 만나서 격려의 말이라도 한마디 해 주시면, 가족들도 그렇고 아이도 힘이 나지 않을까 해서 드린 말이에요. 세상에 데이비드 씨처럼 좋은 분도 있다는 것을 알면 아이는 물론이고 가족들도⋯⋯."

"신 팀장님."

나지막한 목소리로 그녀를 불렀다.

"네?"

"무슨 특별한 사명이 있거나 제가 좋은 놈이어서 후원을 하는 게 아닙니다."

"그게 무슨 말씀이세요?"

"말 그대로입니다. 저도 나름의 목적과 이유가 있어서 돕는 겁니다. 지금 당신의 눈에는 제가 하늘에서 내려온 천사처럼 보이는 모양이지만, 굳이 비교하자면 저는 천사

174

보다는 악마에 가까운 사람입니다."

나는 단 한 번도 내가 착한 사람이라고 생각해 본 적이 없다.

물론 그렇다고 쓰레기라고 생각하지도 않는다.

그저 꽤 심한 이기주의자라고나 할까?

가지고 싶은 것은 가지고 하고 싶은 것은 한다.

설령 그게 남한테 손가락질을 받고 멍청하다는 얘기를 들으며, 세상의 도덕과 법에 위배된다고 해도 말이다.

애초에 지금의 후원도 환자를 구하겠다는 순수한 의도가 아니라, 단지 임무 때문이지 않은가?

'보다 임무를 쉽고 빠르게 해결할 수 있는 방법은 없을까?'라는 단순한 생각이 날 여기까지 오게 만든 것이다.

그러니 마치 하늘에서 내려온 천사를 바라보는 것 같은 신소윤의 눈동자는 부담스럽기 짝이 없었다.

"그러니까 그런 거추장스러운 제안은 모두 치우고 아이가 수술이나 빨리 받을 수 있도록 힘을 쓰세요. 전 그거면 되니까. 아시겠습니까?"

신소윤이 알 수 없다는 눈으로 나를 쳐다봤다.

그리고는 이내 작게 한숨을 내쉬며 물었다.

"알았습니다. 그런데 저기 다른 아이들은……."

애초에 그녀가 준비했던 서류는 다섯 장이었다.

그녀 앞으로 내민 한 장의 서류를 제외한 다른 4장의

서류를 훑어봤다.

하나같이 희귀병에 수억에 가까운 치료비가 필요한 아이들이었다.

이 아이들 전부를 돕는다고 하면, 모르긴 몰라도 정치인들을 뒤통수쳐서 마련한 돈 대부분이 들어갈 것이다.

"조금 전에 저라는 인간이 악마에 가깝다고 했던 말 기억합니까?"

"……."

신소윤의 낯빛이 어두워진다.

그것과는 상관없이 계속 말을 이었다.

"이 아이의 수술 결과가 제게 좋은 쪽으로 답이 나온다면, 남은 아이들 모두 후원할 확률이 높습니다. 그게 아니라면……."

스윽-

앉아 있던 자리에서 일어섰다.

나를 바라보는 신소윤의 눈동자가 떨렸다.

그럼에도 내 마음은 고요하기 짝이 없었다.

그녀에게는 미안하지만, 추억은 추억이고 현실은 현실이었다.

신소윤에게 가볍게 고개를 숙이고는 말했다.

"우리 만남은 여기서 끝이겠지요. 그럼, 좋은 결과가 나오길 빌겠습니다."

❀ ❖ ❀

　주사위는 던져졌다.

　이제는 정이환이라는 아이의 수술 결과를 시스템이 어떻게 받아들일지의 문제였다.

　[남은 임무 시간은 191시간입니다.]

　이제 남은 시간은 대략 8일.

　살려야 하는 환자의 목숨은 4명이 남았고, 그중 1명은 결과만이 남았다.

　그 결과가 긍정적 혹은 부정적인가에 따라서 내 움직임 역시 달라질 것이다.

　하지만 그보다 앞서 또 한 가지 해야 할 일이 있다.

　이왕지사 미래로 왔는데, 그 덕을 조금은 봐야 하지 않겠는가?

　탁!

　"후우. 5년 사이에 제법 많은 일들이 있었네? 돈을 벌 기회가 많겠어."

　지금은 내가 살던 시기보다 5년 후의 미래다.

　5년 동안 세상, 정확히 말하면 경제의 흐름이 어떻게 바뀌었는지를 알 수 있는 절호의 기회였다.

어떤 회사가 새롭게 주식을 상장했을까?

떠오르는 재테크 수단이었던 가상화폐는 과연 어떻게 됐을까?

세계 최대의 도박판 중 하나라고 꼽히는 월드컵과 올림픽의 결과는?

전 세계 모든 권력자들 사이에서 초유의 관심사로 꼽히는 미국의 차기 대통령은 누가 되었을까?

강경 단체의 테러나 자연재해 등등 과거에 사는 사람이 바라보는 미래의 궁금증은 무한하게 많을 수밖에 없다.

"……아무래도 돈이 꽤 많이 필요할 것 같단 말이야."

검색창에 복권을 적어 넣으며 중얼거렸다.

인생 역전이라고 불리는 대한민국 로또 1등의 당첨 액수는 대략 10억 원.

누군가에는 큰돈일 수도 있지만, 과거에는 강남에 30평짜리 아파트도 살 수 없는 돈이다.

그에 비해 해외의 파워볼의 경우 간혹 1등 당첨자가 나오지 않아서 이월되는 당첨금은 몇 천억 또는 몇 조가 되는 경우도 있다.

단순히 인생 역전 수준이 아니라 가족 역전?

아니, 가문 역전까지 할 수 있는 금액이었다.

인터넷 검색을 통해 최근 5년 동안 파워볼 당첨 액수를 검색했다.

"이게 좋겠는데?"

본래의 시간으로 돌아가고 정확히 6개월 뒤.

2021년 1월 6일의 파워볼 1등 당첨금 규모는 무려 5억 6천만 달러였다.

한화로는 대략 6천억에 가까운 돈이었다.

그 뒤로 5개월 정도가 지나면, 4억 달러짜리 파워볼이 나타난다.

두 개를 독식한다면, 세금을 제하고도 대략 1조 원에 가까운 돈을 벌 수 있는 기회였다.

모르긴 몰라도 대한민국 굴지의 대기업 회장들도 저만한 돈을 현금으로 보유하지는 못했을 것이다.

해당 파워볼의 숫자를 중얼거리며 외우기 시작했다.

다른 건 몰라도 데이비드의 능력치 중에서 지능은 꽤 높은 편이었다.

작정하고 파워볼의 당첨번호를 외우자 순식간에 뇌리에 각인되기 시작했다.

그 다음으로 찾은 것은 미국의 경제 동향이었다.

미국의 경제는 전 세계의 흐름을 좌지우지한다.

미국 경제에 일이 생기느냐 생기지 않느냐에 따라서 주식 시장의 차트는 늘 달라졌다.

심지어 달러가 언제 오르고 내릴 것인지만 알아도 큰돈을 버는 게 가능했다.

물론 자잘한 것까지 모두 기억할 필요는 없다.

기억을 해야 하는 건 절대적인 흐름.

일개 개인이 개입한다고 해서 바뀌지 않는 미래다.

과거로 치면 2차 산업 혁명?

최근으로 예를 들자면, PC의 보편화나 스마트폰의 등장을 예로 들 수 있다.

이러한 것들은 개인이 사전에 알았다고 해서 시기적으로 약간의 변화는 줄 수 있지만, 세상에 등장하는 것을 막을 수 있는 것은 아니었다.

"절대적인 흐름에 개입해야지만 나비 효과를 막을 수 있다. 그리고 그래야지만 다른 여행자의 눈에서도 자유로울 수 있고 말이야."

나비 효과.

나비의 작은 날갯짓이 거대한 변화를 일으키듯, 미세한 변화나 작은 사건이 추후 예상하지 못한 엄청난 결과로 이어진다는 의미로 쓰이는 용어다.

즉 미래를 아는 내가 다시 과거로 돌아가 특정 사건에 깊게 개입하면, 본래 일어나야 할 미래의 일이 벌어지지 않을 수도 있다는 뜻이었다.

또한 여행자인 내가 이렇게 미래로 왔다는 것은 다른 여행자 역시 나와 같은 일을 겪을 수 있다는 얘기가 된다.

서로 원하는 것이 같을 경우, 자칫 스스로가 여행자라고 광고하는 꼴이 될 수도 있다.

그러니 다른 누군가가 보더라도 의심할 수 없는 절대적인 흐름에만 개입해야 한다.

탁! 타닥!

미국의 경제 흐름과 더불어 대한민국에서 벌어지는 주요 사건들을 차곡차곡 머릿속에 기억하기 시작했다.

황당한 내용도 있고 기막힌 사건도 있었다.

하지만 양이 많은 만큼 모든 사건의 개요를 정확히 기억하는 건 무리였다.

시기와 사건의 핵심, 그리고 결과만을 빠르게 머릿속에 집어넣었다.

타다닥!

다음으로 검색한 내용은 KV 그룹과 관련된 기사들이었다.

"미래에 와서 느꼈는데, 너희들은 확실히 미리미리 힘을 좀 빼놓을 필요가 있겠어."

상상도 하지 못했다.

대한민국 재계의 10위 안에는 들었지만, 그래도 KV 그룹과 대한 그룹 사이에는 상당한 격차가 있었다.

그런데 D.K 그룹을 흡수 합병하면서 KV 그룹은 단숨에 대한 그룹의 턱 밑까지 추격하는 데 성공했다.

의뢰했던 내용이 내 손에 도착해 봐야 알겠지만, 대충 그 이유가 무엇인지 감이 잡혔다.

그러니 과거로 돌아간다면, 본래의 계획보다 바삐 움직일 필요가 있었다.

KV 그룹의 덩치가 커지면 커질수록 상대해야 하는 적이 늘어나기 때문이었다.

드르륵—

마우스를 움직이자 모니터에는 지난 5년 동안 KV 그룹이 성공시킨 사업들이 나타났다.

그 외에도 특허권 분쟁과 중소 · 중견 기업들과의 소송 기사도 적지 않았다.

물론 소송 같은 경우에는 열에 아홉이 아닌, 열에 열은 KV 그룹이 승소했다.

불과 세 줄에 불과하지만, 특허권 소송에서 패하고 엄청난 액수의 위약금을 물게 된 중소기업의 사장이 자살했다는 기사도 있었다.

"……이놈들 난리도 아니네. 쓰레기 같은 새끼들."

5년이란 시간을 통해 확인한 내용은 기존에 알고 있는 것 이상이었다.

물론 시간의 순차적인 흐름에 따라서 기사를 봤다면, 이 정도까지는 아니었을 것이다.

짧으면 한 달, 길면 반년 정도에 걸쳐 한두 개의 사건 사고만 있을 테니, '대한민국 대기업이 뭐 그렇지.' 라는 생각으로 끝낼 수도 있다.

하지만 5년이란 시간을 종합해서 수십 개의 사건 사고를 보면, 그저 기가 막힐 노릇이었다.

"기다려라. 확실하고 철저하게 박살을 내주마."

그동안 준비해 왔던 것들과 5년이란 시간 동안 KV 그룹이 벌이는 일들이 하나로 합쳐지자, 머릿속의 계획이 빠르게 정리되기 시작했다.

만약 계획대로 된다면, 대한민국 굴지의 재벌이라는 KV 그룹은 향후 3년 안에 흔적조차 남지 않고 갈기갈기 찢겨질 것이다.

"아! 그러고 보니 혹시 그 사건과 관련된 내용은 없으려나?"

KV 그룹과 관련된 내용을 수집하던 찰나 머릿속에 떠오른 생각.

그건 바로 최근 수사를 진행하고 있는 마성 재단 비자금과 관련된 내용이었다.

미제 혹은 비자금 관련 사건 같은 경우, 의외로 시간이 흘러 결정적인 증거나 증언이 나오는 경우가 종종 있었다.

과거 대통령이 비자금 조성을 목적으로 운영하던 기업과 관련된 정보가 10년 전 그의 측근이 남긴 인터뷰로 덜미를 잡히는 것처럼 말이다.

어쩌면 마성 재단의 비자금 사건 또한 5년이 지난 지금 의외의 단서를 발견할 수도 있는 노릇이었다.

탁! 타닥!

혹시나 하는 마음으로 재빨리 관련 사건과 연관된 내용을 인터넷을 통해 검색하기 시작했다.

그렇게 얼마 동안 검색에 열을 올렸을까?

"어? 이게 뭐야?"

한 인터넷 기사를 통해 찾아낸 내용은 순간적으로 내 정신을 쏙 빼놓기에 부족함이 없었다.

[현실에 나타난 영화 같은 사건! 두 얼굴을 가졌던 사나이!]

2019년 재계의 수위를 다투는 마성 그룹의 비자금 사건이 다시금 언론의 조명을 받고 있다.

당시 사건의 심리를 맡은 재판부는 횡령 혐의로 기소된 마성 그룹의 셋째이자 마성 보험의 상무인 마 씨에게 징역 1년 1개월을 선고했다.

이례적인 재벌가의 실형 판결에 국민들은 법치국가로서의 민주주의가 실현됐다고 놀라움을 표했다.

그러나 해당 사건에는 풀리지 않는 의문점들이 남아 있었다.

그중 가장 큰 의문점은 마 씨가 비자금을 조성했던 마성 재단에서 자금을 관리했던 재무팀장인 오 씨의 무혐의 처리였다.

사건 조사 당시 검찰이 찾아낸 마성 그룹 비자금의 규모는 100억 원이었다.

이는 마성 재단의 1년 예산의 1/3에 가까운 돈이었다.

상식적으로 그만한 돈이 재단 내에서 비자금으로 관리되는 것을 재무팀장인 오 씨가 모르지 않았을 것이다.

하지만 검찰은 조사 결과 오 씨는 해당 비자금 사건과 무관하다는 입장을 취했다.

가장 큰 이유는 비자금을 조성한 마 씨와 오 씨 사이에 접점이 존재하지 않는다는 것이었다.

두 사람은 공적인 자리는 물론 단 한 차례의 사적인 만남도 가지지 않았다는 것이 검찰의 발표였다.

하지만 2년 후, 마성 재단의 재무팀장이었던 오 씨가 마성 재단의 이사장으로 취임하면서 뜻밖의 진실이 세상에 드러났다.

취임식에서 자신의 본래 성은 오 씨가 아닌 마 씨임을 본인의 입으로 직접 밝힌 그는 이와 관련해서 마성 그룹의 창립자인 故 마훈 회장의 유언장을 공개했다.

―중략―

더불어 오 씨는 자신이 과거 미국에 있을 당시 큰 사고를 당해 얼굴 전체를 수술한 적이 있다는 사실을 고백했다.

―중략―

이로써 과거 마성 그룹 재단의 비자금 조성의 배후가

재무팀장이었던 오 씨와 밀접한 연관이 있었을 수도 있다는 의혹이 다시 제기되고 있다.

그러나 과거 마성 보험의 상무였던 마 씨가 이미 관련 사건의 범인으로 죗값을 치르고 나왔기 때문에, 검찰은 다시 칼을 뽑아 들기 어려운 처지가 되었다.

이에 대해 국민들은 당시 사건을 수사했던 검사들을 해임해야 한다며 청와대 홈페이지 국민청원 게시판에 글을 게재하고 청원운동을 벌이고 있다.

한편, 마성 그룹 측에서는 오 씨의 취임식 이후 뚜렷한 입장 표명을 하지 않고 있는 상황이다.

〈중동일보 하연태 기자〉

기사를 정독하고 나니 절로 웃음이 흘러나왔다.

"하…… 하하! 오민철이 정말 마성 그룹의 사람이었어?"

머릿속에 민희선 실무관이 했던 얘기가 떠올랐다.

[혹시 회장의 숨겨진 사생아나 배다른 가족이 아닐까요?]

물론 그 자리에서는 나 역시 가능성이 충분하다고 말했다.

영화나 드라마보다 더 막장인 일들이 벌어지는 곳이 바로 현실이었기 때문이다.

그래도 이런 식으로 사건이 전개될 줄은 생각하지 못했다.

"······하긴 그때 놈이 하는 말은 전부 거짓말이었으니까."

한빛 일보의 기자로 신분을 위장하고 인터뷰를 했을 당시가 떠올랐다.

진실과 거짓 스킬을 통해 바라본 오민철의 몸에서는 하나같이 붉은 기운이 흘러나왔다.

실제로 검찰청 서류에는 오민철이 한국대학교와 하버드 대학원을 졸업한 것으로 되어 있었다.

그러나 정작 인터뷰에서 그는 자신이 연서대학교를 나왔다고 대답했다.

뒤이어 류영해 검사에게 확인한 결과, 오민철은 하버드 대학원을 나오지 않았다는 것이 확인됐다.

그저 동명이인이었다고 말이다.

이는 전혀 앞뒤가 맞지 않는 얘기였다.

만약 조금 전의 기사를 보지 못했다면, 분명 누군가 의도적으로 거짓말을 하고 있다고 생각했을 것이다.

하지만 그게 아니었다.

"거짓말을 한 사람은 없어."

진실과 거짓은 분명 대단한 스킬이다.

그러나 이전에 언급한 것처럼 단점은 존재했다.

완벽한 대답이 아닌 이상에는 그 판단의 잣대가 애매하다는 것이다.

다시 말해서 본인이 어떤 것을 거짓 또는 진실이라고 생각하느냐에 따라서 몸에서 풍기는 기운의 색이 달라지는 것이다.

심리적으로 완벽하게 자신을 속일 수 있다면, 거짓을 진실로 혹은 진실을 거짓으로 만드는 것이 가능했다.

또 대학교를 꼭 한곳에서만 나와야 한다는 법은 없다.

능력만 있다면 복수의 대학교를 졸업하는 것 또한 아무런 문제가 없었다.

즉 오민철은 연서대학교와 한국대학교, 하버드 대학원을 모두 졸업했다.

다만 진실과 거짓에서 붉은 기운이 흘러나온 것은 그가 자신이 졸업한 대학교 전부를 거론하지 않았기 때문이었다.

[대학이요? 연서대학교를 졸업했습니다.]
[대학교는 연서대학교와 한국대학교를 졸업했습니다.]

위가 아닌 아래처럼 대답을 했다면, 붉은 기운이 아닌 푸른 기운이 몸에서 뿜어져 나왔을 것이다.

모든 상황이 이렇게 된 이유는 하나 때문이었다.

"대학교는 물론 대학원을 다닐 때의 얼굴이 전혀 달랐던 거야. 그러니까 오민철이라는 이름 석 자는 기억해도 동문은 물론 교수들도 그 얼굴은 처음 보는 거지."

분명 기사에는 사고로 인해 성형수술을 했다고 했다.

일명 페이스 오프.

하지만 과연 그 얼굴이 딱 한 번만 바뀐 것일까?

연서대학교, 한국대학교, 하버드 대학원을 다닐 당시 모두 다른 얼굴이었다면 어떨까?

얼굴 전체가 바뀐 것이 아니라 큰 특징만 바뀌어도 사람들은 전혀 다른 사람이라고 생각했을 것이다.

만약 그렇다면 제대로 된 수사가 이뤄졌을 리가 없다.

검찰에서는 애초에 첫 단추부터 잘못 끼운 것이다.

"오민철이 마성 재단 이사장으로 취임했다고 했지. 그럼, 현재도 재단 이사장인가?"

재빨리 마성 그룹과 관련된 CEO들을 검색해 봤다.

"……이것 봐라?"

마성 그룹의 지주사라고 할 수 있는 마성 유통의 CEO가 마민철이라는 이름으로 되어 있었다.

오민철은 마성 그룹 오너 일가의 자식임을 밝힌 뒤, 오 씨 성을 마 씨로 개명한 것 같았다.

그가 정말로 故 마훈 회장의 자식이라면 당연한 절차였다.

내가 웃은 이유는 다른 곳에 있었다.

분명 5년 전, 마성 유통은 마성 그룹의 장남이자 회장 승계에 있어 가장 유력한 후보라고 알려졌던 마성민이 대표로 있던 곳이었다.

그런 곳의 대표에 마민철이 있다는 것은 그가 마성 그룹의 실질적인 지배자가 됐다는 소리였다.

재빨리 마성민에 대해 추가로 검색해 봤다.

"죽었어?"

놀랍게도 마훈 회장이 타계한 지 1년이 되던 해, 마성민은 갑작스러운 뇌출혈로 인해 사망한 상황이었다.

인명은 재천이라고 하지만, 전화 한 통이면 국내 최고의 의료진을 대기시킬 수 있는 재벌가의 후계자가 뇌출혈로 죽은 것이다.

불과 40대의 나이에 말이다.

냄새가 날 수밖에 없었다.

슥- 스윽-

백지였던 도화지에 하나의 그림이 그려지기 시작했다.

"한 번 생각해 보자. 애초에 놈이 마성 그룹을 삼킬 준비가 될 때까지 오랜 세월 몸을 웅크리고 있던 것이라면 어떨까? 진짜 신분을 감추고 그룹의 후계자에게 접근해서 그들의 약점이 될 만한 것들을 모으고 결정적인 순간에 칼을 뽑은 것이라면? 하!"

절로 탄성이 흘러나왔다.

류영해 검사는 셋째인 마성훈이 비자금을 조성한 것이 아니라 첫째인 마성민이 지시한 것일 거라고 말했다.

그녀는 마성훈이 감옥에 들어간 것도 모두 마성민의 짓이라고 판단했다.

일리가 없는 추측은 아니었다.

아무리 후계 구도에서 밀렸다고 해도 오너 일가다.

그런 그를 스스로 움직이게 하려면, 서열이 압도적인 가족밖에 없었다.

당시의 상황으로 보면, 그게 가능한 사람은 마훈 회장과 마성민밖에 없었다.

하지만 그게 아니었다.

모든 것은 오민철, 아니 마민철의 계획이었다.

후계 구도에서 가장 멀고 힘이 없던 마성훈을 밀어내는 것부터가 마민철의 철저한 계획이었던 것이다.

"아무래도 돌아가면 조사를 처음부터 다시 해야겠네."

동쪽으로 가야 할 일을 시작부터 서쪽으로 키를 잡고 갔으니, 제대로 가기 위해서는 다시 키를 잡는 수밖에 없었다.

"후우, 미래로 안 왔으면 어쩔 뻔했냐."

절로 아찔함이 일었다.

만약 이번에도 미래가 아닌 과거로 여행을 갔더라면,

어떠한 일이 벌어졌을지 상상하는 것만으로도 손바닥에 땀이 흥건해졌다.

그만큼 5년 동안의 사건 사고들은 충분히 놀랍고도 기가 막힌 것들뿐이었다.

"이렇게 된 거 하나도 놓치지 말고 싹 쓸어가자."

눈에 힘을 강하게 주고 모니터에 집중했다.

한 가지라도 더 알아내는 것이야말로 다시 과거로 돌아가야 하는 내게는 큰 힘이 될 것이다.

그렇게 차근차근 정보를 수집해 가는 동안 시간은 빠르게 흘러갔다.

TIME ROULETTE
타임룰렛

Chapter 136. 한판 승부

우웅-

옆에 놓아두었던 휴대폰의 진동음에 눈을 비비며 몸을 일으켰다.

우득- 우드득-

가볍게 목을 움직이자 시원한 뼈 울림소리가 울려 퍼졌다.

"······깜박 졸았나 보네."

가볍게 스트레칭을 하고 휴대폰을 들어 진동음의 정체를 확인했다.

[사장님! 말씀하신 조사 모두 끝냈습니다! 사무실로 오시면, 서류를 전달해 드리겠습니다.]

발신인은 번개 심부름센터의 심대산 사장이었다.

"벌써 끝났다고?"

아직 약속한 날짜까지는 하루가 남아 있었다.

그렇다면 예상해 볼 수 있는 건 두 가지였다.

하나는 돈에 눈이 멀어 대충 일을 끝냈다는 것이다.

또 다른 하나는 예상외로 열심히 하다 보니, 성과가 그만큼 빠르게 나왔다는 뜻이 된다.

"그리고 또 한 가지."

문득 떠오르는 불안감.

그건 전혀 상상하지 못한 방법으로 충격을 준 오민철의 스토리가 어느 정도 일조했다.

예상하지 못한 뜻밖의 일이 생길 수도 있다.

"혹시 심대산이 장영호에게 걸린 건 아니겠지?"

장영호라는 인물이 등장하면서 계획했던 모든 일이 틀어졌다고 했다.

그 정도의 인물이라면, 흥신소 사람들이 자신의 주변을 얼쩡거리기 시작했을 때부터 뭔가 이상함을 느꼈을 수도 있다.

물론 단번에 의뢰인인 나에 대해서 알아내지는 못했을 것이다.

애초에 심대산조차 나에 대해 알고 있는 것이 없다.

설령 그를 고문했다고 한들 들을 수 있는 정보는 한국말을 잘하는 외국인이라는 사실뿐일 것이다.

물론 이런 내 생각이 과민 반응일 수도 있다.

하지만 옛말에 돌다리도 두들기고 건너라고 하지 않던가?

휴대폰을 들어 메시지를 작성했다.

탁- 타닥-

[굳이 만날 필요는 없을 것 같군요. 메일로 관련 내용을 보내 주면, 검토 후에 돈을 보내 드리도록 하겠습니다.]

메시지를 보내고 난 지 얼마 지나지 않아 곧장 답장이 왔다.

우웅-

[사장님, 거래라는 게 그렇게 해서야 되겠습니까? 얼굴 보고 이상이 있는지 없는지 확인하고 깔끔하게 합시다. 그래야 뒤탈이 없죠. 안 그렇습니까?]

여기까지는 충분히 이해할 수 있는 답장이다.

하지만 이렇게 보내면 어떨까?

[계좌 보내 주시면, 사장님을 믿고 잔금부터 보내 드리겠습니다. 서류는 그 뒤에 받도록 하죠. 그럼 되겠습니까?]

메시지를 보내고 답장을 기다렸다.
하지만 조금 전과 다르게 답장은 바로 오지 않았다.
그렇게 얼마의 시간이 흘렀을까?
우웅―
심대산으로부터 장문의 메시지가 도착했다.

[그게, 서류 말고 직접 만나서 드릴 말씀도 있습니다. 혹시 사무실로 오시기 어려우신 거라면, 사장님께서 장소를 직접 정하시죠. 제가 그리로 가겠습니다.]

돈을 받고 사람의 뒷조사를 해 주는 곳이 흥신소다.
그런 곳이 먼저 주겠다는 돈을 거절했다.
더욱이 심대산의 메시지에서는 어떻게든 나를 만나고 싶다는 의지가 간절해 보였다.
어째서일까?
"흠, 이거 아무래도 장영호한테 걸린 것 같은데."
어째 느낌이 좋지 않았다.
그리고 항상 이런 느낌은 틀리는 법이 없었다.
예상은 적중했다.

약간의 시간 차이는 있었지만, 이내 다른 심부름센터와
흥신소에서도 비슷한 종류의 메시지가 왔다.

[선생님! 조사 끝냈습니다. 사무실로 오시면, 서류 전달
해 드리도록 하겠습니다.]

[아이고, 사장님. 일이 후딱 끝나 버렸지 뭡니까? 사무실
로 언제 오시렵니까?]

[요청하신 장영호 실장에 대한 뒷조사가 끝났습니다. 사
무실로 방문하시면, 남은 거래에 대해서 얘기하도록 하죠.]

일을 맡긴 곳은 총 다섯 곳이었다.

그중 네 곳이 같은 날짜에 연락이 왔다.

이게 과연 우연일까?

"곤란하네. 이렇게 되면 흥신소를 이용해서 장영호의 뒷
조사를 하는 건 포기해야 한단 소리인데……."

그렇다고 내가 직접 움직이기에는 시간이 부족했다.

더불어 장영호가 정말 여행자인 데다가 예상하지 못한
스킬을 가졌을 경우, 내게는 최악의 상황이 펼쳐질 수도 있
다.

그러니 이번 여행에서는 다른 여행자들과의 접촉은 최대
한 피해야 한다.

모든 정황을 알아낼 때까지는 숨을 죽일 필요가 있다.

"……그 녀석들 분명 아무런 성과가 없지는 않았을 거야."

번개 심부름센터도 그렇고 다른 흥신소들도 조사를 시작하자마자 덜미를 잡히지는 않았을 것이다.

조사를 하다 보니 어떠한 것에 발을 담그게 됐을 것이고, 그게 원인이 되어서 발각되었을 가능성이 높았다.

그렇다면 그 전까지 조사했던 자료는 그대로 가지고 있을 확률이 높았다.

"아까운데. 그 자료들 빼낼 방법이 없을까?"

약간의 자료라도 내게는 분명 큰 도움이 될 게 분명했다.

이리저리 머리를 굴려봤다.

"힘으로 빼앗을까?"

아직 아이템 중에는 중급 강림의 비약이 남아 있었다.

적절한 상황에서 비약을 사용한다면, 힘으로 제압해서 놈들이 알아낸 정보를 빼내는 것은 어렵지 않을 것이다.

하지만 아직 임무가 끝나기까지는 5일에 가까운 시간이 남아 있었다.

여행의 결말을 어떤 식으로 맞이하게 될지 예측할 수 없는 상황에서 사용하기에는 뒷일을 장담할 수가 없었다.

"사무실에서 잠깐만 시선을 돌릴 수만 있으면 되는데. 그게 아니라면, 아무런 의심 없이 출입할 수…… 아!"

마침 머릿속에서 적당한 사람이 떠올랐다.

어설픈 사투리로 추파를 던지던 그녀가 도와준다면, 의외로 이번 일을 쉽게 해결할 수 있을지도 모른다.

❖ ❖ ❖

공주 다방의 춘자는 나름 주변에서 에이스로 통했다.

한때는 모델의 꿈을 키웠던 그녀답게 몸매도 훌륭했고 얼굴 역시 어디 가서 못생겼다는 소리를 들을 정도는 아니었다.

하지만 그녀의 꿈은 매일같이 술만 먹고 손찌검을 하는 아버지 때문에 산산조각 났다.

그조차 단순한 폭력이었으면, 참고 견뎠을지도 모른다.

하지만 춘자가 점차 성숙해지자 자신을 바라보는 아버지의 눈빛이 변하기 시작했다.

결국 견디지 못한 춘자는 집을 뛰쳐나왔고, 그 뒤로 그녀의 인생은 늘 내리막길이었다.

재능이 있고 노력을 한다고 해도 성공하기 어려운 곳이 모델들이 살아가는 세상이었다.

제대로 배운 적도 없고 하루하루 알바를 하기 바쁜 춘자에게 모델이란 꿈은 신기루와 같았다.

그러던 중 한 사기꾼이 그녀에게 접근했다.

그는 돈만 있으면, 춘자를 모델들이 서는 런웨이 무대에 세워 주겠다고 설득했다.

[너는 재능이 있으니까, 일단 무대에만 오르면 유명해지는 것은 시간문제야. 100%라니까! 내 말만 믿고 돈만 마련해. 그럼, 내가 너 반드시 런웨이 무대에 올려 준다!]

그렇게 자신을 인정해 주는 사람은 춘자의 인생에 있어서 처음이었다.

그렇기 때문에 그랬을 것이다.

거짓말일 수 있다는 것을 알면서도 인생에 마지막이라는 생각으로 사채까지 써서 돈을 마련한 이유가 말이다.

결과적으로 춘자는 그간 모아 놨던 돈과 사채에서 빌린 돈 모두를 고스란히 사기꾼에게 바치는 꼴이 되고 말았다.

런웨이 무대?

그딴 건 애초에 존재하지도 않았다.

무대가 들어선다고 했던 곳은 허허벌판에 갈대만 바람에 휘날리고 있을 뿐이었다.

그렇게 춘자의 인생은 한없이 바닥으로 떨어지고 말았다.

아르바이트로 전전하던 그녀에게 어마어마한 사채 빚을 갚을 능력이 있을 리 만무했다.

결국 늘어 가는 이자와 원금을 갚기 위해서는 몸을 팔아야 했고, 그러다 보니 어느 순간 춘자는 다방의 레지가 되어 있었다.

질경– 질경–

"춘자야! 누가 너 찾는다."

잠시 옛 생각에 빠져 있던 춘자가 같이 일하는 동료인 말자의 목소리에 고개를 돌렸다.

"누구인데?"

"외국인 오빠인데? 가스나, 언제 또 이런 외국인을 영업해가지고. 허우대도 멀쩡해 보이고 돈도 좀 있어 보이네."

말자의 목소리에 춘자가 고개를 갸웃거렸다.

'내가 아는 외국인이 있던가?'

속으로 물었지만, 그녀는 이내 피식 웃음을 흘렸다.

그런 사람이 있을 리 만무했다.

스윽–

"가서 사람 잘못…… 어?"

막 자리에서 일어선 춘자가 헛바람을 삼켰다.

카운터에 제법 익숙한 얼굴의 외국인이 서 있었다.

"오빠는 그때 그 사무실에서?"

아는 척을 하는 춘자를 보며 나는 가볍게 오른손을 들어 올렸다.

"시간 괜찮으면, 커피 한잔합시다."

데구르르.

만약 눈알이 움직이는 소리가 났다면, 지금 춘자의 눈에서는 이런 소리가 났을 것이다.

김이 모락모락 피어나는 커피 잔을 두고 그녀는 애써 시선을 피하고 있었다.

"죄지었습니까? 왜 그렇게 안절부절못해요?"

"응? 아! 맞다. 오빠야 한국말 잘했지? 에이, 괜히 걱정했네."

시선을 회피하던 춘자가 이내 시선을 마주치고는 빙긋 웃었다.

"그런데 여기는 왜 오셨어요?"

"그때 먹은 커피가 맛있어서 한 잔 더 마시려고요."

춘자가 눈살을 찌푸렸다.

"거짓말."

"안 속네요."

"그야 당연하죠. 다방 커피가 아무리 맛있어 봤자 프렌차이즈 커피보다 맛있겠어요? 우리도 일 때문이 아니면 다방 커피는 안 먹는다고요. 아무튼 여긴 왜 온 거예요? 설마 진짜 나랑 데이트하려고 그런 건 아니죠?"

"그렇다면 또 어쩔 겁니까?"

춘자의 눈동자가 빠르게 내 위아래를 훑어봤다.

그리고 피식 웃으며 말했다.

"숏이에요? 아니면 긴 밤이에요?"

"네?"

"이런 용어도 모르는 사람이 무슨."

"……."

한심하다는 듯 그녀가 날 쳐다봤다.

하지만 안타깝게도 내 기억은 물론 정착자의 기억들도 저 용어의 의미를 정확하게 파악하지 못했다.

대체 무슨 의미지?

"아무튼 할 말이 있으면 빙빙 돌리지 말고 해요."

"음, 사진을 몇 장 찍어서 내게 보내 줬으면 합니다."

"……번개 심부름센터에서요?"

춘자는 단번에 내 목적지를 알아냈다.

"그렇게 볼 필요 없어요. 내가 눈칫밥만 먹고 살아온 세월이 십수 년이에요. 다른 건 몰라도 눈치 하나만큼은 어디 가서 빠지지 않는다고요. 게다가 요새 센터 분위기가 조금 이상하기도 했고요."

"분위기가 이상하다고요?"

슥슥─

질문을 받은 춘자가 미소를 지으며 엄지와 검지를 비벼 댔다.

다행히 이번 행동의 의미는 알 수 있었다.

품속에서 지갑을 꺼내 잡히는 대로 5만 원 권을 집어

그녀에게 건네줬다.

"우리 외국인 오빠 다행히 이 정도 눈치는 있으시네요. 접수 완료!"

입고 있던 원피스의 가슴골로 5만 원 권을 집어넣은 춘자가 말을 이었다.

"그러니까 어제였나? 정장을 입은 사람들이 하루 종일 왔다 가더라고요. 센터 삼촌들 얼굴도 멍이 잔뜩 들어 있고. 그리고 전화 통화를 하면서 뭐라고 했지? 아! 반드시 잡아서 데려간다나? 뭐, 그런 말을 했어요."

춘자의 증언만으로 정확한 사정은 파악하기 어렵다.

그래도 한 가지는 예상이 맞았다.

뭔가 일이 잘못된 것이 분명했다.

"그래서 우리 외국인 오빠는 무슨 사진이 필요한 거예요?"

"할 겁니까?"

"돈 많이 줄 거죠? 얼마 줄 건데요?"

"자칫 큰 곤혹을 치를 수도 있습니다."

걱정 어린 목소리로 물었지만 그녀가 고개를 흔들었다.

"이 짓거리 하면서 그런 게 무서울 것 같아요?"

"하지만 만약⋯⋯."

"외국인 오빠. 저기 쟤 보이죠."

중간에 말을 끊은 춘자가 손가락으로 카운터에 있는

여성을 가리켰다.

"말자라고 저랑 동갑인데. 여기서 일한 지는 한 1년쯤 됐나? 중학교 때부터 아버지 노름빚 갚느라고 원조 뛰면서 학교를 다녔는데, 엄마라는 년이 사채 끌어 쓰고 잠수타서 결국 중학교도 졸업 못하고 이 길로 왔어요. 입는 거 먹는 거 아껴서 악착같이 빚만 갚고 있는데, 다 갚으면 한 30살쯤 될 것 같더라고 하던데요. 상상이 가요? 중학교 때부터 학교도 못 다니고 몸 팔아서 빚을 갚았는데, 30살까지 벌어 갚아야 한다는 현실이?"

"……."

"여긴 그런 년들이 있는 곳이에요. 그러니까 외국인 오빠, 곤혹이니 그런 말은 하지 말아요. 그리고 위험한 일이니까 본인이 직접 나서지 않고 날 찾아와서 돈을 주겠다고 하면서 부탁하는 거잖아요? 그렇죠?"

순간 어떤 말을 해야 할지 알 수가 없었다.

그저 묵묵히 얘기를 꺼낸 춘자를 바라볼 뿐이었다.

"에이! 그렇다고 그렇게 불쌍한 표정으로 바라볼 필요 없어요. 우리 같은 사람은 오히려 직접 욕을 듣는 것보다 그런 표정이 더 기분 나쁘거든요. 아무튼, 그래서 무슨 사진을 찍어야 하고 돈은 얼마를 줄 건데요?"

"후우."

한숨을 내쉬며 마음을 다잡았다.

그녀의 삶이 기구한 것은 알지만, 그렇다고 한들 내가 하려는 일 또한 멈출 수가 없었다.

애초에 나는 나 스스로를 이기적인 인간이라고 결정내리지 않았던가?

"일단 그 전에 한 가지. 사무실 내부에 대해서는 잘 압니까? 예를 들면, 어떤 물건을 어디에 보관하는지 같은 것 말입니다."

춘자가 고개를 끄덕였다.

"그야 당연하죠. 내가 거기로 배달을 얼마나 많이 갔는데. 심 사장님 비밀 창고도 알고 있다고요."

"좋습니다. 그럼, 그날 그곳에서 심 사장과 내가 했던 얘기도 기억합니까?"

"뭐, 대충은요. 그렇게 오래 지난 일이 아니니까."

좋은 전개다.

여기까지는 아무런 문제가 없었다.

계속 말을 이어 나갔다.

"심 사장 쪽에서 조사를 하다가 아무래도 상대방에게 덜미를 잡힌 것 같습니다."

"아! 그때 오빠 애인을 뺏은 그 대기업 남자?"

"네, 그래서 그쪽에서 역으로 나를 잡으려고 하는 것 같은데. 춘자 씨는 센터에서 조사가 이뤄진 부분까지만 찾아서 사진을 찍어 내게 보내 주면 됩니다. 그럼, 원래 그쪽에

주기로 했던 잔금을 춘자 씨에게 드리도록 하죠."

꿀꺽-

춘자의 목젖이 크게 꿈틀거렸다.

"······8천만 원을 저한테 전부 준다고요?"

"네."

놀란 표정도 잠시 춘자가 입술을 질끈 깨물었다.

말은 그리 했지만 그녀도 이번 일이 위험하다는 것을 모르지 않을 것이다.

하지만 8천만 원은 적은 돈이 아니었다.

잠시 생각에 잠겨 있던 춘자가 입을 열었다.

"······외국인 오빠가 아는지 모르겠지만, 사무실에는 항상 1명씩은 대기하고 있어요. 사람들을 밖으로 다 내보지 않는 이상 사진을 찍기는 어려울 거예요. 그 부분만 해결할 방법이 있다면, 외국인 오빠 말대로 할게요."

춘자의 입에서 수락을 알리는 목소리가 흘러나왔다.

애초에 이번 일은 번개 심부름센터 사무실 내부에 대해 잘 알고 있는 사람이 필요했다.

서류가 서류인 만큼 심대산 또한 아무 곳에나 보관하지 않았을 것이기 때문이다.

'물론 폐기했을 가능성도 있다. 하지만 욕심이 있는 자라면, 일단 손에 쥔 것을 쉽게 버릴 리가 없지.'

토끼는 항상 자신이 살 길을 위해 여러 개의 굴을 파는 법이었다.

"그 문제에 대해서는 걱정할 것 없습니다. 계획은 제가
알려 줄 테니, 춘자 씨는 계획대로만 행동하면 됩니다."

그렇게 두 잔의 커피를 더 마시며, 나는 춘자에게 이번
계획에 대해 상세하게 설명해 줬다.

❖ ❖ ❖

"아야. 아파라. 이 좆 방망이 같은 새끼가 하필 사람 얼
굴은 때려가지고."

손거울로 얼굴을 확인하던 심대산이 인상을 찌푸리며,
왼쪽 눈을 연신 계란으로 문질렀다.

계란으로 문질러지는 그의 눈 주변은 시퍼렇다 못해 거
무죽죽한 피멍이 들어 있었다.

"호삼아, 너 팔은 어떠냐?"

그렇게 한참 동안 눈 주변을 계란으로 문지르던 심대산
이 사무실의 입구 주변을 향해 고개 돌렸다.

그곳에는 오른쪽 팔에 반 깁스를 하고 있는 사내가 앉아
있었다.

"불편하긴 해도 괜찮습니다. 그리고 명철이에 비하면,
저야 다친 것도 아니지 않습니까?"

호삼이 힐끗 자신의 옆을 쳐다봤다.

그곳에는 왼손을 이용해서 어정쩡한 자세로 라면을 먹고 있는 또 한 명의 사내가 있었다.

"혀, 형님. 죄송합니다."

심대산과 호삼의 시선이 자신에게로 향하자 명철은 급히 고개를 숙이며 손에 들고 있던 젓가락을 내려놓았다.

호삼이의 말대로 명철이라 불린 사내의 상태는 겉보기에도 꽤 심각했다.

그는 오른손은 물론 왼발까지 깁스를 하고 있었다.

그 모습에 심대산이 인상을 찌푸리며 말했다.

"먹던 거는 마저 먹지 젓가락은 왜 내려놔! 그리고 이게 뭐 너희들 잘못이냐? 하필 그런 개 같은 의뢰를 맡은 내 잘못이지. 빌어먹을."

"아닙니다! 형님이 무슨 잘못이 있습니까? 이게 다 그 외국인 새끼가 우리를 속여서 그런 거지 않습니까?"

"호삼 형님 말이 맞습니다. 놈이 처음부터 사실대로만 말했다면, 형님들은 물론이고 저도 이렇게 다치지는 않았을 겁니다."

심대산의 자책 어린 어조에 호삼과 명철이 재빨리 입을 열었다.

그리고 그런 그들의 목소리는 잠시 고민하던 심대산의 마음을 이기적으로 만들기에 충분했다.

빠득—

"……그래, 너희들 말이 맞다. 그 개 같은 놈이 처음부터 사실대로 말했으면 이런 일도 안 생겼지. 뭐? 여자 친구를 빼앗겨서 그렇다고? 육시랄 양키 놈!"

처음에는 충분히 그럴 수 있다고 생각했다.

애인이나 남편 혹은 부인을 뒷조사해 달라는 의뢰는 심부름센터를 운영하면서 숱하게 받아 본 것들이었다.

대상이 외국인이긴 했지만, 어찌 됐든 외국인도 사람이지 않은가?

심대산은 당연히 평소 하던 것처럼 일을 처리하면 될 것으로 생각했다.

그러나 뚜껑을 열어 보니 그게 아니었다.

정보를 캐면 캘수록 장영호 실장의 주변에 애인이라고 불릴 여자는 없었다.

그뿐이던가?

장영호 그놈은 결코 평범한 대기업 임원이 아니었다.

만약 그랬다면, 자신은 물론 10명이나 되는 동생들이 그 한순간에 당했을까?

"호삼아!"

"네, 형님."

호삼이 앉아 있던 소파에서 일어서려고 하자 심대산이 손을 내저었다.

"몸도 불편한데 그냥 자리에 앉아 있어. 아무튼 다른 센터 얘기는 좀 들어 봤냐?"

"안 그래도 전화를 한번 쫙 돌렸는데, 저기 상열이 형님
네도 그렇고 만식이 형님네도 당했답니다. 특히 상열이 형
님 쪽은 상태가 심각한 아이들이 많아서 아예 단체로 병원
에 입원했다지 뭡니까?"

"그래?"

심대산이 눈을 문지르고 있던 달걀을 내려놓았다.

곽상열과 이만식은 심대산과 마찬가지로 심부름센터, 흥
신소를 운영하는 사장들이었다.

물론 말이 좋아 사장이지, 그들 셋은 과거 서울 종로에서
이름깨나 날리던 철 도끼파의 행동대 출신이었다.

검찰과 경찰의 대대적인 조직폭력배 단속에 철 도끼파의
간부진들이 모두 구속될 당시, 그들은 행동대의 막내들이
었다.

덕분에 징역살이도 짧았고 출소 이후 철 도끼파의 행동
대였다는 것을 이용해 동생들을 모아 지금의 사무실을 차
릴 수 있었다.

"흠, 곽상열이는 몰라도 이만식이는 왕년에 씨름을 해서
힘 하나는 끝내주는 놈인데, 걔도 병원에 입원했다고?"

심대산의 기억으로 이만식은 고등학교 시절 씨름으로 전
국체전에서 우승까지 했던 유망주였다.

물론 그 뒤로 폭력 사건에 휘말려서 자신과 같은 조직폭

력배가 됐지만, 190cm에 100kg이 넘는 거구에서 뿜어져
나오는 힘은 상상 이상이었다.

호삼이 고개를 끄덕이며 말을 이었다.

"그렇습니다. 그쪽 애들한테 듣기로 만식이 형님은 허리가
아주 아작났다고 합니다. 형님도 그때 보지 않으셨습니까?
그 개새…… 아니, 그 인간이 어디 괴물이지 사람입니까?"

"으음……."

심대산이 가볍게 신음을 흘렸다.

그날의 일을 떠올리는 것만으로도 팔뚝에 소름이 돋아났
다.

그나마 덜 쪽 팔린 것은 자신 말고도 인근에 힘깨나 쓴다
는 놈들은 모두 당했다는 것이다.

"……젠장."

"그래도 형님, 그 인간이 의뢰를 한 외국인만 잡아 오면
모두 없던 일로 해 준다고 하지 않았습니까? 돈도 주고요.
그러니 일단 그 양키 놈 잡는 것만 집중하시죠. 그래서 말
인데 그놈한테 아직 연락은 없습니까?"

호삼의 질문에 심대산이 고개를 끄덕였다.

"그래. 그때 그 메시지가 마지막이다. 이 새끼 이거 눈치
채고 잠수라도 타면 곤란한데."

얼굴을 찌푸린 심대산이 책상 위에 놓인 휴대폰을 쳐다
볼 때였다.

우웅—

휴대폰에서 울리는 진동음에 심대산이 재빨리 액정을 확인했다.

[일이 있어서 연락이 좀 늦었습니다. 남은 거래를 마저 하고 싶은데, 지금 공주 다방에서 보는 게 어떻습니까?]

"왔다!"

메시지의 내용을 확인한 심대산이 자리에서 일어서며 주먹을 불끈 쥐었다.

대화를 나누던 호삼이 또한 덩달아 자리에서 일어났다.

"놈한테 온 연락입니까?"

"그래, 공주 다방에 있단다. 호삼아, 지금 당장 연락 돌려서 모을 수 있는 애들은 다 모아서 공주 다방으로 와라. 혹시 모르니까 앞문이랑 뒷문에 애들 세워 두는 거 잊지 말고."

"알겠습니다. 형님! 애들 모아서 공주 다방으로 가겠습니다."

자리에서 일어난 호삼이 재빨리 문을 열고 사무실을 빠져나갔다.

뒤이어 일어서는 심대산을 보며 명철이 엉거주춤한 자세로 일어섰다.

"형님, 저는 뭘 할까요?"

"뭐?"

"그, 그러니까 저도 뭔가 도와야 하지 않겠습니까?"

심대산이 얼굴을 찌푸리며 귀찮다는 듯 손을 내저었다.

"너는 그냥 사무실에 남아서 라면이나 마저 먹어. 몸이 그래가지고 일이나 할 수 있겠나? 다리라도 멀쩡했으면, 수금이라도 시켰을 텐데. 쯧쯧."

"……."

"암튼 나갔다 올 테니까 사무실 잘 보고 있어라."

휴대폰을 챙겨 든 심대산 역시 호삼의 뒤를 따라 사무실을 나갔다.

그 모습을 지켜보던 명철이 힘없이 자리에 앉았다.

"……염병. 누가 다치고 싶어서 다쳤나. 자기 대신 맞아가지고 다친 건데 왜 사람을 병신 취급이야."

서러움이 몰려왔지만, 정작 하소연할 곳이 없었다.

한숨을 푹푹 내쉬던 명철이 이내 내려놓았던 젓가락을 다시 집어 들었다.

하지만 그사이 라면의 면발은 우동사리마냥 퉁퉁 불어 있었다.

"……시발."

나오려는 눈물을 억지로 참으며 우동사리가 같은 면발을 입으로 가져갈 때였다.

끼익―

문이 열리는 소리에 명철이 고개를 돌렸다.

"어? 춘자 아니냐?"

문을 열고 들어온 사람은 공주 다방의 춘자였다.

춘자가 당황한 얼굴로 명철을 쳐다봤다.

"오, 오빠야 사무실에 있었네?"

"몸이 이래 가지고 사무실이나 지키는 신세다. 근데 넌 여기 왜 왔어? 형님이 커피 시켰냐? 아니지. 오늘은 정신이 없어서 안 시켰을 텐데?"

"그, 그게……."

"말은 또 왜 그렇게 더듬어? 죄라도 지은 사람처럼."

명철은 아무런 생각 없이 던진 말이었지만, 듣는 춘자는 아니었다.

떨리는 손에 애써 힘을 준 춘자가 배시시 웃으며 명철에게로 걸어왔다.

"죄는 누가 죄를 지었다고! 오빠야는 내가 죄지은 년이었으면 좋겠나?"

"응? 아니 그게 아니라 말이 그렇다는 거지. 아무튼 여긴 왜 왔는데?"

"커피 파는 년이 커피 팔러 왔겠지 왜 왔겠나. 요새 하도 장사가 안 되가지고 내도 영업이란 걸 해 보려고 왔다. 우리 오빠야, 커피 한 잔만 팔아 주면 안 되나?"

말을 하던 춘자가 은근슬쩍 자신의 몸을 명철에게로 밀어 넣었다.

그러자 가슴골이 푹 파인 원피스가 자연스레 명철의 눈으로 들어왔다.

꿀꺽-

"그, 그래. 어디 커피 한 잔 맛있게 타 봐라."

"정말로? 괜히 나중에 사장님한테 혼나면 어뜩하나?"

"혼은 무슨! 고작 커피 한 잔 가지고!"

춘자의 걱정 어린 목소리에 명철은 호기롭게 외쳤다.

평상시였다면, 언감생심 꿈도 꾸지 못할 행동이었다.

사무실에서 커피를 시켜 먹는 것은 사장인 심대산만의 권한이었다.

바로 밑의 호삼 또한 심대산의 허락 없이는 커피를 시켜 먹지 못했다.

'어차피 일 끝내고 오려면 시간이 좀 걸릴 테니까. 상관없겠지.'

하지만 명철은 이왕지사 사무실에 아무도 없으니, 다친 것도 서러운 마당에 나름의 호사를 부려보자고 결심했다.

춘자가 명철에게 기대었던 몸을 바로 하며 말했다.

"알았다. 그럼, 내가 아주 맛있게 타 줄게. 내 것도 타도 되지?"

"무, 물론이지!"

명철의 외침에 춘자가 빠른 속도로 커피 두 잔을 타기 시작했다.

그러면서 스리슬쩍 왼손을 명철의 가슴으로 손을 뻗었다.

"그런데 오빠야…… 오늘 이렇게 보니까 의외로 우리 오빠 몸이 좋네? 엄마야! 이 가슴 단단한 것 좀 봐라. 요새 따로 운동하나?"

춘자의 손이 자신의 가슴을 더듬자 애써 몸에 힘을 잔뜩 주는 명철이었다.

"크흠. 내가 왕년에 운동 좀 했다. 지금이야 이래도 우리 고향에서 김명철이 하면 사람들이 다 벌벌 떨었다. 그때가 좋았지. 암! 좋았고말고."

"정말로 오빠야 그렇게 잘나갔나?"

"정말이지!"

"흐응."

묘한 소리의 콧바람을 뿜어낸 춘자가 적극적으로 명철의 몸을 더듬기 시작했다.

"아음."

그럴 때마다 명철의 입에서 들뜬 신음 소리가 흘러나왔다.

"춘자야!"

결국, 참지 못한 명철이 그나마 움직일 수 있는 왼손으로 그녀의 손을 잡았다.

그러자 춘자가 몸을 뒤로하며 말했다.

"오빠야, 이러다 사장님이 보면 나도 다치고 오빠야도 다친다."

"어차피 사장님 지금 그때 그 외국인 놈 잡으러 밖으로 나갔다. 돌아오려면 시간 좀 걸릴 테니까, 그사이에 후딱 해결하면 된다."

"그래도……."

춘자가 망설이는 모습을 보이자 명철이 버럭 소리를 질렀다.

"뭔데! 불은 네가 지펴 놓고 자꾸 이럴 기가?"

"으이그, 알았다. 대신 좀 씻고 와라."

"엉?"

막 몸을 밀어 넣으려던 명철이 얼빠진 표정을 지었다.

춘자가 손가락으로 명철의 깁스를 가리키며 말했다.

"오빠야 그거 하고 한 번도 안 씻었지? 냄새가 어휴."

명철이 스리슬쩍 자신의 몸 냄새를 맡아 봤다.

"윽."

코를 가져다 대기 무섭게 마치 하수구에서 나는 특유의 냄새처럼 쾨쾨하고 역한 향이 밀려들었다.

하지만 씻기 위해서는 사무실을 나가서 한 층 밑에 있는 화장실까지 가야 했다.

명철이 비굴한 표정으로 말했다.

"그, 그냥 오늘만 이대로 하면 안 될까? 지금 한창 올라왔는데."

"절대 안 된다!"

"추, 춘자야……."

"안 씻으면 택도 없다."

"끄응."

결국, 먼저 백기를 든 쪽은 명철이었다.

그가 시무룩한 표정을 하고는 옆에 세워 놨던 목발을 짚고 일어섰다.

"알았다 알았어. 내려가서 금방 씻고 올 테니까 꼼짝 말고 기다리고 있어라."

"우리 오빠야, 비누로 빡빡 씻고 오면 내가 예뻐해 줄게. 그러니까 그만 구시렁거리고 퍼뜩 다녀와라."

"예뻐해 준다고? 알았다. 내 금방 다녀올게."

순간 무엇을 상상한 것인지 얼굴 만면에 웃음을 지은 명철이 절뚝거리며 사무실을 걸어 나가기 시작했다.

그렇게 명철이 사라지자 춘자가 이내 참았던 한숨을 폭 내쉬었다.

"후우. 저 바보가 있어서 다행이네."

만약 다른 사람이 사무실에 있었다면, 일이 이렇게 쉽지는 않았을 것이다.

호주머니에서 재빨리 휴대폰을 꺼낸 춘자가 숨을 크게 들이마셨다.

"후우, 할 수 있어. 할 수 있다, 춘자야!"

물건을 훔치는 것이 아니다.

단지 사진만 찍어 전송만 하면 끝날 일이었다.

눈에 띄지만 않는다면, 아무도 모를 일이었다.

"후우우우."

몇 번을 더 심호흡을 내쉰 춘자가 이내 사무실 곳곳을 뒤지기 시작했다.

그렇게 얼마의 시간이 지났을까?

사무실을 뒤지던 춘자의 이마에 땀이 송골송골 맺히며, 얼굴에는 다급함이 서리기 시작했다.

아무리 사무실을 둘러봐도 계획에서 들었던 그 비슷한 것은 보이지 않았다.

"……시간이 없는데."

씻기 위해 내려갔던 명철이 올라오면 모든 게 끝이었다.

결국, 망설이던 춘자가 심대산 사장의 자리로 걸어갔다.

"이제 남은 곳은 여기뿐이야."

춘자의 발이 책상 아래에 깔려 있는 모포를 밀쳐 내었다.

그러자 숫자 키로 되어 있는 검은색 금고가 모습을 드러냈다.

[춘자야 멋지지? 이게 바로 등잔 밑이 어둡다는 거다. 금고가 여기 있을 거라고 누가 상상이나 하겠냐? 응? 네가 훔쳐 가면 어떻게 하냐고? 하하! 가스나야, 털어먹을 수 있으면 털어먹어 봐라. 비밀번호도 알려 줄 테니까. 대신에 이거 하나만은 명심해라. 여기 있는 거 하나라도 털어먹는 날이 지옥의 시작이다. 지금 네가 사는 삶이 지옥 같지? 웃기는 소리. 사람 인생이 밑바닥으로 떨어지는 것에는 끝이 없다. 바닥이라는 생각이 들어서 저 아래를 보면, 더 바닥이 있는 법이야.]

허세였을까, 아니면 자신감이었을까?

언젠가 술에 취한 심대산이 자신을 무릎에 앉혀 놓고 했던 말이었다.

그리고 그날 심대산은 춘자에게 정말로 금고의 비밀번호를 알려 줬다.

하지만 춘자는 단 한 번도 금고에 손을 대겠다고 생각해 본 적이 없었다.

사무실에 항상 사람이 있기도 했지만, 사람이 없다고 해도 그날 심대산이 보여 준 눈빛이 정말 무서웠기 때문이었다.

하지만 어찌 됐든 훔치지만 않으면 걸릴 일이 없지 않을까? 걸리지만 않으면 8천만 원이란 거금이 자신의 손에 들어올 수 있었다.

꿀꺽-

"……걸리지만 않으면 되는 거야. 걸리지만 않으면."

입술을 깨물며 다시 한 번 마음을 다잡은 춘자가 몸을 숙이고는 금고를 향해 손을 뻗었다.

TIME
ROULETTE
타임룰렛

Chapter 137. 정체

서울 대한 호텔의 스카이라운지.

가장 저렴한 음료인 콜라조차도 이곳에서는 3만 원이 넘는 가격을 자랑한다.

그렇다고 그 콜라가 특별한 것은 아니다.

콜라 자체는 어디서나 볼 수 있는 평범한 음료에 지나지 않았다.

다만 언제부턴가 대한 호텔의 스카이라운지에서 바라보는 서울 도심의 야경이 최고라는 얘기가 셀럽들의 입을 통해 퍼져 나가기 시작했다.

더불어 공중파 방송에도 소개가 되며, 스카이라운지를

찾는 사람들의 숫자가 기하급수적으로 늘기 시작했다.

장사를 하는 입장에서 방문객의 숫자가 늘어나는 것은 분명 환영할 일이다.

그러나 그곳이 특별한 사람들을 위한 고급화 전략을 내세운 곳이라면, 사람이 늘어나는 것을 무작정 좋아할 수만은 없다.

정작 손님으로 받아야 할 VVIP들이 번잡함과 소란스러움에 발걸음을 돌릴 수 있기 때문이었다.

이런 우려는 본격적으로 대한 호텔의 스카이라운지가 입소문을 타기 시작한 지 한 달이 지나자 현실이 되었다.

방문 손님은 늘었지만, 매출이 줄어드는 현상이 발생하기 시작한 것이다.

이유는 방문의 목적이었다.

대다수 방문객들의 목적이 야경을 감상하기 위해서였기 때문이다.

과거와 달리 가장 기본적인 메뉴의 판매량은 크게 늘었지만, 정작 매상을 책임지는 고급 음식과 주류는 전혀 판매가 되지 않았다.

손님이 크게 늘며, 번잡함에 지친 VVIP들이 스카이라운지를 찾지 않았기 때문이었다.

결국, 대한 호텔 측은 스카이라운지에서 구매 가능한 모든 주류와 음식의 가격을 3배 이상으로 올렸다.

본래 만 원에 판매되던 콜라가 3만 원으로 오른 것이다.

당연히 방문객들에게서 불만이 터져 나왔다.

기본적으로 스카이라운지에 입장하기 위해서는 1인 1음료를 주문해야 했다.

연인이 와서 콜라만 두 잔을 시켜도 6만 원, 파르페와 과일 음료 및 간단한 다과만 시켜도 TAX(세금)를 포함해서 수십만 원이 나왔다.

일반 대중에게 있어 단순히 야경 한 번 구경하고 사진을 찍기 위한 금액으로는 큰 부담이 아닐 수 없었다.

시간이 지날수록 대한 호텔의 스카이라운지는 국내를 포함해서 외국인 방문객 또한 서서히 줄어들기 시작했다.

가격이 올랐다는 소식을 접하지 못하고 뒤늦게 방문한 사람들도 높은 가격에 고개를 내저으며 발걸음을 돌리기 일쑤였다.

그렇게 되자 기존 스카이라운지를 이용했던 VVIP들이 다시 찾기 시작하며, 언제 그랬냐는 듯 떨어졌던 매출이 다시 오르기 시작했다.

3배의 가격?

애초에 술 한 병의 가격이 100만 원이 되었든 300만 원이 되었든 VVIP들에겐 큰 의미가 없었다.

그들이 가장 중요하게 생각하는 것은 돈이 아닌 스스로에 대한 만족.

자기 자신이 특별하다고 느낄 수 있는 공간과 분위기, 서비스뿐이었다.

그리고 5년이 지난 지금도 대한 호텔의 스카이라운지는 여전히 그런 고급화 전략에 입각해 운영되고 있었다.

꿀꺽—

앞에 놓인 잔에 담긴 위스키를 단숨에 입으로 털어 넣었다.

그러자 화끈한 기운이 식도를 타고 내려갔다.

"……같은 거로 한 잔 더 부탁하죠."

"네, 알겠습니다."

앞에 있는 웨이터에게 비어 버린 잔을 내밀자, 찰랑거리며 위스키가 다시 채워졌다.

잠시 잔을 바라보다가 이내 시선을 옆에 놓인 휴대폰으로 돌렸다.

"늦네. 슬슬 연락이 올 때가 됐을 텐데."

일이 성공했든 실패했든 어떤 연락이라도 올 때가 되었다.

물론 내가 춘자에게 알려 준 계획은 거의 완벽했다.

번개 심부름센터의 사무실 식구들을 다른 곳으로 불러낸 사이에 춘자가 잠입해서 내가 원하는 것을 찾아낸다.

물건을 꺼내 오는 것이 아니라 자료를 촬영만 하는 것이기 때문에 혹 사무실에 흔적이 남아도 크게 문제될 건 없었다.

애초에 춘자는 1주일에 서너 번은 그곳에 드나들고 있었다.

그러나 모든 일에는 언제나 변수라는 것이 존재했다.

심대산이 장영호에 관해 조사한 서류들을 사무실에 보관하지 않았을 수도 있으며, 자신한 것과는 달리 춘자가 제시간 안에 서류를 찾아내지 못할 확률도 있었다.

어찌 됐든 내 계획은 모든 상황이 완벽해야지만 성공할 수 있다.

조금이라도 상황이 틀어지면, 모든 건 춘자의 임기응변으로 해결해야 했다.

스윽-

손을 뻗어 잔에 담긴 위스키를 다시 입에 털어 넣었다.

"크으."

또 다시 화끈한 기운이 식도를 타고 몸속으로 퍼져 나갈 때였다.

우웅- 우웅-

휴대폰에서 진동이 연신 흘러나왔다.

저장되어 있지 않은 번호였다.

"여보세요?"

[이 개새끼야! 감히 사람을 놀려? 너 지금 어디야!]

목소리의 주인공은 심대산이었다.

열이 받을 대로 받은 목소리였다.

하지만 먼저 일을 벌인 것은 바로 그였다.

피식 웃음을 흘리며 입을 열었다.

"사장님, 실망입니다."

[뭐?]

"의뢰는 분명 제가 먼저 했는데, 양아치도 아니고 그새 장영호에게 붙었습니까? 그 사람이 뭐라고 하던가요? 절 잡아 오라고 했습니까?"

대답은 바로 흘러나오지 않았다.

다만 휴대폰 너머로 빠드득하고 이가 갈리는 소리가 들렸다.

[……이 새끼 그걸 알고도 우릴 여기로 불러? 무슨 꿍꿍이야?]

"글쎄요."

[이 시발 새끼가 똑바로 대답 안 해? 네가 외국인이어서 잘 모르나 본데. 내가 바로 철 도끼파 행동대의 심대산이야! 왕 주먹 심대산! 그러니까 좋게 말할 때 지금 있는 곳 불어라. 그럼, 좋게 말로 끝내주마.]

"싫습니다만."

[너 이 개새끼 창자를 꺼내서 줄넘기를 해 버릴까 보다! 아님, 눈에 있는 먹물을 쭉 빼줘?]

휴대폰 너머로 온갖 욕이 들려왔다.

평범한 사람이 들었다면, 심장이 철렁거렸을 것이다.

그러나 정작 내게는 스스로 분노를 이기지 못해 말로 화를 표현하는 못난이에 불과했다.

"심 사장님, 차라리 이렇게 하는 게 어떻겠습니까? 본래 약속했던 금액의 3배, 아니 5배를 더 드리죠. 그러니까 다시 저한테 붙으세요."

[…….]

휴대폰 너머에서는 거친 숨소리만 들렸다.

"5배도 부족합니까?"

[이…… 시부랄 새끼가! 이 심대산이 우습게 보여? 돈이면 다 되는 것 같아? 이 빌어먹을 새끼야!]

결국 흘러나온 것은 욕설 섞인 분노였다.

'흠, 아무래도 꽤 호되게 당했나 보네.'

5억이나 되는 돈을 거절하는 것은 물론 목소리에 은은한 두려움이 느껴지는 것을 봐서는 아무래도 폭력에 의해 철저하게 굴복당한 것 같았다.

장영호 그놈은 확실히 보통 사람이 아니다.

"싫다면 더는 대화를 할 필요가 없을 것 같군요."

[뭐? 잠깐, 잠깐…….]

뚝.

대강 상황을 파악한 이상 더는 얘기를 들을 필요도 대화도 나눌 이유도 없었다.

곧장 휴대폰의 종료버튼을 눌렀다.

바로 이어서 다시 전화가 걸려 왔지만, 가볍게 종료를 눌러 주고 번호 자체를 차단했다.

뒤이어 몇 차례 저장되지 않은 번호로 걸려 오는 전화 역시 마찬가지였다.

"이제 시간이 없네."

규모가 작기는 하지만 심대산 또한 무리를 이끌고 있는 리더였다.

조금 전의 통화로 그 또한 뭔가 이상하다는 것을 눈치 챘을 것이다.

아마 본인이 직접 움직이거나 밑에 부리던 수하 몇몇을 사무실로 보냈을 확률이 높다.

"춘자 씨, 힘을 내요."

웨이터를 향해 잔을 앞으로 내밀며, 춘자를 떠올렸다.

나를 위해서도 그리고 본인 자신을 위해서도 지금 이 순간 그녀는 힘을 내야 했다.

삐빅- 삑-

금고의 잠금장치가 풀리자 춘자는 재빨리 문을 열었다.

금고의 안에는 현금 다발과 더불어 금괴, 그리고 두툼한 장부 몇 개가 들어 있었다.

평상시였다면 현금과 금괴에 눈이 돌아갔겠지만, 춘자는 입술을 깨무는 것으로 침착함을 유지했다.

"……이 서류인가?"

금고의 안에는 다른 물건들과 유독 어울리지 않는 서류가 있었다.

춘자가 재빨리 서류를 꺼내 앞장을 확인했다.

예상대로 앞장에는 장영호라는 이름이 보였다.

"좋았어!"

긴장으로 인해 잔뜩 굳어 있던 그녀의 입가에 그제야 미소가 피어났다.

춘자가 재빨리 손에 들고 있던 휴대폰의 카메라로 서류를 찍기 시작했다.

찰칵! 찰칵!

빠른 속도로 서류의 사진을 찍고는 갤러리로 들어가 본인이 찍은 것들을 확인했다.

조금 흐릿하기는 했지만, 내용을 알아보기에는 문제가 없었다.

이제 남은 건 이 사진들을 미리 약속한 메일로 보내는 것뿐이었다.

"침착하자. 이제 다 됐어."

춘자가 막 저장한 사진을 첨부해서 보내는 순간이었다.

"너 이 새끼 사무실 안 지키고 여기서 뭐해?"

"그, 그게 춘자가 와 가지고⋯⋯."

"춘자? 걔가 왜? 아니, 그보다 그럼 지금 사무실에 걔 혼자 있다는 거야? 이런, 시발. 비켜 이 새끼야!"

심대산의 성난 목소리가 귓전을 찔러 왔다.

그 소리에 놀란 춘자가 재빨리 금고의 문을 닫았다.

삑 - 삐빅-

"아차차. 카펫!"

막 자리를 벗어나려던 그녀의 눈에 뒤집어진 카펫이 보였다.

재빨리 다시 뛰어가서 카펫을 원상태로 만들고는 휴대폰을 쳐다봤다.

휴대폰에는 아직 메일을 전송 중이라는 문구가 남아 있었다.

춘자의 얼굴이 하얗게 질렸다.

"뭐야? 이거 왜 전송 안 됐어! 이놈의 와이파이!"

당황한 마음에 그녀가 휴대폰을 머리 위로 치켜들 때였다.

끼익-

사무실의 문이 열리며 심대산이 안으로 들어왔다.

"얼씨구. 춘자야, 너 지금 거기서 뭐 하나?"

"오, 오빠야 왔나?"

"안녕이고 지랄이고 뭐 하냐고 물었다."

춘자가 어깨를 움츠리며 말했다.

"우, 우리 오빠야 무섭게 왜……."

"아가리 닥치고 묻는 말에나 대답해! 지금 여기서 뭐하
냐고? 다방 레지 년이 시키지도 않은 커피를 가지고 여기
왜 와 있어?"

분위기가 흉악해지자 눈치를 보고 있던 명철이가 조심스
레 입을 열었다.

"형님, 춘자는 그냥 지나가는 길에 커피…… 크억!"

명철은 말을 끝낼 수 없었다.

그 전에 거대한 주먹이 그의 안면을 가격했기 때문이다.

"병신 새끼가 분위기 파악 못하고 있네."

비명과 함께 피를 뿜으며 넘어진 명철을 뒤로하고 심대
산이 말했다.

"춘자야, 사지 멀쩡하게 집에 가고 싶으면, 똑바로 말해
라."

"그, 그게 그러니까 요새 장사가 안 돼 가지고 영업이나
할까 왔다가 명철 오빠가 한 번 하자고 해서……."

스윽–

심대산의 시선이 넘어져 있는 명철에게로 향했다.

그 눈빛에 명철이 고개를 푹 숙이며 말했다.

"형님. 주, 죽을죄를 지었습니다. 사, 살려만 주십쇼."

"쪼다 같은 새끼."

심대산이 침을 퉤하고 뱉고는 다시 춘자를 쳐다봤다.

그리고는 손가락으로 그녀의 손에 들린 휴대폰을 가리켰다.

"그럼, 그 휴대폰은?"

"톡이 왔는데 와이파이가 안 터져 가지고. 이렇게 하면 잘 터지지 않을까 해서……."

"휴대폰 이리로."

"응?"

"휴대폰 가져와!"

"……."

심대산의 으르렁거림에 춘자가 이내 손에 들고 있던 휴대폰을 조심스럽게 넘겼다.

하지만 정작 휴대폰을 받은 그는 손가락으로 툭툭 건드려 보다가 이내 인상을 찌푸렸다.

"오, 오빠야. 혹시 아이폰 사용할 줄 모르나?"

"아이 뭐? 아무튼 이거 휴대폰이 왜 이래?"

심대산이 주머니에서 자신의 휴대폰을 꺼냈다.

이제는 단종돼서 나오지 않는 구형 안드로이드 폰이었다.

"왜 내 거랑 작동법이 달라?"

"그야 오빠는 안드로이드고 내 건 아이폰이니까."

"뭐?"

"아.이.폰! 설마 아이폰 모르나?"

험악한 분위기 속에서도 춘자가 황당하다는 듯 묻자 심대산이 입술을 실룩거렸다.

"아, 안다! 아이폰! 가스나, 돈 없다면서 휴대폰은 최신형을 쓰네."

"최신형이 아니라 아이폰인데."

"됐다. 가져가라."

휴대폰을 돌려주고는 심대산이 사무실을 쭉 훑어보고 자신의 자리로 걸어갔다.

금고가 있는 카펫을 쳐다봤지만, 특별히 눈에 띄는 이상한 흔적은 없었다.

"하긴 미치지 않고서야 그런 짓을 할 리가 없지. 됐다. 춘자 너는 내가 동생들하고 할 얘기가 있으니까 그만 가 봐라. 그리고 경고하는데, 부르지도 않았는데 함부로 오지 말고. 그러다 이 오빠한테 진짜 혼난다. 알았지?"

"으, 응. 알았다."

"그래, 가 봐라."

고개를 끄덕인 춘자가 재빨리 문을 향해 걸음을 옮기려던 찰나였다.

"야!"

뒤에서 심대산의 목소리가 들려왔다.

잔뜩 경직된 표정으로 몸을 돌리는 그녀를 향해 그가 피식 웃으며 말했다.

"가스나, 밥벌이 도구를 버리고 가면 쓰나?"

심대산이 가리킨 것은 테이블 위에 놓인 보온통과 커피
잔이었다.

그제야 속으로 한숨을 내쉰 춘자가 어색하지만 평상시와
최대한 비슷한 미소를 지었다.

"내, 내 정신 좀 보게. 오빠야 고맙다. 내 다음에 커피 한
잔 서비스로 줄게. 그럼, 내 진짜 간다."

밖으로 나온 춘자는 곧장 인근 공용 화장실로 부리나케
뛰어갔다.

공포로 인한 생리 현상을 해결하기 위해서였다.

쪼르르-

"……후우, 하마터면 지릴 뻔했네. 그보다 메일은 잘 갔
겠지?"

대충 뒷정리를 끝낸 춘자가 휴대폰을 꺼냈다.

휴대폰에는 메시지 2통이 도착해 있었다.

[고생하셨습니다.]

한 통의 메시지는 짧고 간결하기 짝이 없었다.

그 메시지의 내용에 춘자가 입술을 삐죽 내밀었다.

"고작 이게 다야? 쳇, 정말 나쁜 오빠네. 적어도 위험하지는 않았냐고 물어봐야 하는 거 아니야? 설마 이 오빠 물건만 받고 약속을 어기는 거 아니야?"

그동안 남자한테 사기를 당했던 것이 한두 번이었던가?

갑작스러운 불안감이 그녀의 전신을 엄습했다.

하지만 불안감은 아주 잠시뿐이었다.

남은 1통의 메시지를 확인하는 순간 춘자의 얼굴에 지금까지의 긴장을 모두 날려 버릴 법한 미소가 피어올랐다.

"약속 지켜서 고마워. 외국인 오빠."

[김희원 님의 계좌로 80,000,000원이 입금되었습니다.]

다방에서 일을 시작한 이래로 자신도 그동안 잊고 살았던 본명.

춘자, 그녀의 본명은 바로 김희원이었다.

성명: 장영호
본명: 게일 베드로
나이: 38살
국적: 미국

출생지: 대한민국 부산

직업: 기업 사냥꾼

    KV 전자 상무이사

     ⋮

     ⋮

계획은 훌륭하게 성공했다.

춘자가 찍어 보낸 사진에는 장영호에 관한 정보들이 나열되어 있었다.

물론 대단히 만족스러울 정도는 아니었다.

내용의 절반 이상은 실제로 확인을 했다기보다는 어디선가 발췌했다는 느낌이 강했다.

"흐음. 그래도 아주 성과가 없진 않아."

기본적인 정보를 빠르게 훑어보고는 진하게 표시되어 있는 특이사항에 주목했다.

"고등학교 시절 미식축구를 하다가 하반신이 마비되었는데, 기적적으로 완치. 그 뒤로 다방면에서 재능을 보였다. 부상을 당하기 이전 유급을 당할 정도로 성적이 낮았던 그는 완치 이후 놀라울 정도로 성적이 올랐는데, 펜실베이니아 대학교를 입학하는 것도 모자라 수석으로 졸업해서 주변을 놀라게 했다. 또한, 그 뒤로는 적대적 M&A 분야에서 활동했고 업계에서 그림 리퍼(grim reaper)라는 별명으로 불릴 만큼

탁월한 실적을 내고 있다."

특이 사항에 적힌 내용을 읽고 있자니 자연스레 머릿속에 물음표가 떠올랐다.

물론 큰 부상을 입고도 각고의 노력으로 재기에 성공한 사람들은 존재한다.

심지어 불치병이라고 알려진 병을 극복한 사례도 여럿 있다.

하지만 베드로의 삶은 단순히 극복하는 것에 그치지 않았다.

펜실베이니아 대학교는 미국 경영대학 순위에서 늘 다섯 손가락 안에 꼽히는 명문대학교다.

명성으로만 보자면 대한민국의 한국대학교보다도 훨씬 순위가 높았다.

쉽게 설명하자면, 유급을 당할 만큼 성적이 저조하던 학생이 쉽게 문을 두드릴 수 있는 수준의 대학이 아니라는 말이었다.

그것도 모자라 베드로는 수석으로 졸업하는 영광까지 안았다.

인간 승리?

단순히 노력에 의한 결과라고 봐야 할까?

물론 백번 양보해서 그렇게 생각할 수도 있다.

하지만 특이사항 부분에 별첨된 다방면의 재능이란 부분

을 보면 이상한 게 또 있었다.

"⋯⋯고등학교 시절까지 피아노를 쳐 본 적이 없는 것으로 알려졌던 베드로가 지역 대회에 나가서 우승을 하고, 어느 날 갑자기 책을 출판하는 등 문학적인 소양과 과학에 대해서도 깊은 지식을 보였다고 한다. 이에 주변에서는 베드로에게 후천적 서번트 증후군이 나타난 것이 아닌가 하는 반응을 보였다고 한다."

간혹 그런 사람이 있었다.

죽을 뻔도 했던 상황에서 다시 살아나면, 사람 자체가 완전히 바뀌거나 없던 재능이 생기는 경우.

정신의학계에서는 이런 현상을 후천적 서번트 증후군이라고 불렀다.

본래 서번트 증후군은 자폐 환자들 중 일부가 암산 및 음악, 미술, 문학 등등 특정 분야에서 뛰어난 재능을 보이는 현상을 뜻한다.

반면 후천적 서번트 증후군은 선천적 서번트 증후군 환자와 달리 사회성에는 전혀 문제가 없고 재능만 가지게 되는 경우였다.

이번 경우에도 백번 양보해서 베드로에게 후천전 서버트 증후군이 나타난 것이라고 할 수 있다.

하반신 마비는 척수나 뇌와 같은 중추신경이 손상되었을 경우 발생하는 질병이다.

치료가 됨에 따라 뇌가 영향을 받았고 그로 인해 기존에 없던 재능이 생겼다고 생각할 수 있다.

"만약 이 부분이 없었다면 말이야."

내 시선이 향한 곳은 그림 리퍼라는 단어였다.

한국어로 해석하자면, 사신.

서류에는 펜실베이니아 대학교를 졸업한 베드로가 주변의 만류에도 불구하고 곧장 기업 사냥꾼의 길로 뛰어들었다고 적혀 있었다.

그는 그곳에서 엄청난 재능을 보였다고 한다.

다른 기업 사냥꾼들이 모두 불가능하다고 말했던 다수의 기업에 대해 적대적 M&A를 성공시키며, 엄청난 매매차익을 거둔 것이다.

그 결과 불과 20대 후반의 나이에 베드로는 백만장자도 아닌 억만장자로 미국 전역에 명성을 떨쳤다.

말이 쉬워 억만장자이지, 30살도 되지 않아 자수성가로 재벌의 반열에 든 것이다.

"……그는 항상 불리할 때마다 출처 불명의 자료를 가지고 왔다. 놀랍게도 그 자료들은 상황을 한 번에 반전시킬 힘을 가지고 있었다. 그가 자료를 내밀면 상대는 항상 계약서에 순순히 사인했다. 그렇지 않은 사람들은 얼마 지나지 않아 모두 경찰에 소환당했고 결국 모든 것이 기업 사냥꾼 베드로의 뜻대로 되었다."

별첨된 내용은 누군가 어딘가에 남긴 소감을 그대로 긁어 온 것 같았다.

물론 지금 중요한 건 이런 내용을 어디서 긁어 왔느냐가 아니다.

그보다는 이 글의 내용이 사실이라면, '과연 베드로는 그 자료들을 어디서 구했을까?' 라는 게 핵심이었다.

사람을 고용해서? 혹은 해킹을 통해?

둘 다 아니다.

답은 가까운 곳에 있었다.

"과거에서 가지고 왔겠지."

여행자의 여행에는 특출한 장점이 존재한다.

일단 여행을 시작하면 현실에서의 시간은 정지한다.

즉, 여행은 골치 아픈 문제를 해결하기 위한 시간을 벌 수 있는 용도로도 사용이 가능하다.

그뿐인가?

이미 나는 황금 그룹의 송지철을 통해 큰돈과 당시 정치인들의 비리가 담긴 장부를 얻을 수 있었다.

상대를 기업으로 바꿔 이와 같은 짓을 하지 못할 이유가 없었다.

또한, 이리되면 베드로와 관련된 모든 의문점을 풀 수 있었다.

"정산의 방에서 판매되는 아이템이라면 하반신 마비를

고칠 방법은 충분히 있었을 거야."

애초에 여행지에서는 정신만 자신의 것이고 육체는 정착자의 것이다.

하반신 마비와 같은 후천적 신체장애가 있다고 해도 임무를 수행해서 포인트를 버는 것은 아무런 문제가 없었다.

그렇게 여행을 통해 아이템을 구매할 수 있는 포인트를 버는 동안 다양한 정착자의 기억과 스킬 역시 얻을 수 있었을 것이다.

그러니 베드로가 완치된 후 갑자기 이전과 다른 모습을 보였을 때, 주변 사람들은 자연스레 후천적 서번트 증후군이 아닌가 하고 의심할 수밖에 없었을 것이다.

"녀석은 여행자가 분명해. 문제는 그가 무슨 이유로 KV 그룹과 손을 잡았느냐 하는 것인데."

이미 억만장자인 그가 단지 돈 때문에 KV 그룹과 함께하지는 않았을 것이다.

분명 드러나지 않은 내막이 있을 게 분명했다.

"……혹시 나 때문인가?"

앞서 확인한 내용이기는 하지만 여행을 위한 도구의 내구도는 무한하지 않다.

여행을 하면 할수록 도구에 새겨지는 균열은 점차 증가하고, 종국에는 파괴된다.

더 이상 여행할 수 없는 여행자는 결국 모든 것을 잃고 다시 본래의 평범한 사람으로 돌아갈 수밖에 없다.

이걸 막기 위해서 필요한 것이 바로 같은 능력을 지닌 도구였다.

물론 세상 어딘가에는 아직 사람에게 발견되지 않은 도구 역시 존재할 것이다.

하지만 어디에 있는지 확실치도 않은 도구를 찾기 위해 엄청난 포인트를 지불하는 것보다는 이미 도구임이 확실한 다른 여행자의 것을 빼앗는 게 보다 현실적이고 실용적인 방법이었다.

만약 베드로라는 여행자가 내가 가진 도구를 빼앗기 위해 한국에 온 것이고, 혼자의 힘만으로는 날 감당하기 어려워 KV 그룹과 손을 잡은 것이라면 어떨까?

"한국 굴지의 재벌과 여행자의 힘이라……."

당시의 시점이라면 KV 그룹과 난 완전한 적대적 관계였을 테니, 베드로의 입장에서는 충분히 손을 잡을 만한 파트너라고 생각됐을 것이다.

반대의 경우도 마찬가지다.

"하지만 그렇다면 어째서 한국을 떠나지 않고 계속 남아 있는 거지?"

지금 시점은 이미 내가 죽고 3년이 흐른 뒤다.

그 시간이라면 베드로가 원하는 것을 얻기에는 충분한 기간이었다.

그런데도 그는 아직 한국에 남아 있었다.

"뭔가 더 있는 걸까? 그게 아니면 아직 원하는 것을 얻지 못했기 때문일까?"

꼬리를 무는 의문을 뒤로하고 사진으로 찍힌 서류를 다시 한 번 읽어 봤다.

어쩌면 내가 놓치고 있는 무엇인가가 더 있을지 몰랐다.

마음을 차분히 하고 계속 내용을 반복해서 읽었다.

그렇게 얼마 동안 사진을 확인했을까?

가볍게 훑어봤던 기본 정보에 시선이 멈췄다.

"어?"

이상한 점이 있었다.

베드로의 국적은 미국으로 기록되어 있는 반면 출생지는 대한민국 부산이었다.

"단순히 한국 이름을 사용한 게 아니라 원래 한국인이라고?"

그러고 보니 처음부터 이상하긴 했다.

외국인이면서 어째서 장영호라는 한국식 이름을 사용하고 있는지 말이다.

급히 서류의 내용을 다시 확인해서 읽기 시작했다.

다행히 그와 관련된 내용이 첨부되어 있었다.

"3살 무렵 부모에게 버려졌고 그 이후에는 고아원에서 자랐으며, 5살에 미국인 부부에게 입양됐다?"

뿐만 아니라 그 뒤로는 이런 내용의 글이 추가로 적혀 있었다.

"……펜실베이니아 수석 졸업 당시 인터뷰에서 그를 낳아 준 한국인 부모가 보고 싶지 않느냐는 질문에 베드로는 '그들이 사는 나라는 물론 나를 낳은 부모도 저주하고 미워한다.'고 대답했다."

대학교를 졸업했을 시점이라면, 이미 한창 여행자로 활동하고 있을 무렵이었을 것이다.

다시 말해서 그 당시 저런 말을 했다는 것은 그만큼 자신을 버린 부모는 물론 그 나라에 대한 원한까지 갖고 있다는 뜻이 되었다.

뼛속까지 사무친 원한.

양미간이 모아졌다.

불길한 생각이 들었기 때문이었다.

잠깐이지만 베드로의 모습에서 내 자신이 보였다.

큰 잘못을 저지르고도 아무런 처벌도 받지 않는 재벌의 모습에 나는 분노했고 화를 냈다.

그리고 그들에게 죗값을 묻겠다고 다짐했던 것은 내게 신비하고도 특별한 힘.

바로 여행자의 삶이 주어졌기 때문이다.

여행자로 살아가지 못했다면, 그저 분노만 하고 시간이 지남에 따라 잊어버렸을 것이다.

내 인생을 살아가는 것만으로도 벅차고 힘들었을 테니까 말이다.

그럼, 만약 베드로라면 어떨까?

그 역시 분노하고 원망하는 대상이 있었다.

그런 상황에서 여행자란 힘이 주어졌다면, 어떤 생각이 들까?

단지 참기만 할까?

그간의 행보를 보면 절대 그렇지 않을 확률이 100%에 가까웠다.

애초에 적대적 M&A를 전문적으로 하는 기업 사냥꾼의 목표는 기업을 헐값에 사서 비싸게 파는 것이다.

당연히 그 과정에서 수많은 임직원의 피눈물을 흘리게 만드는 것은 일상이었을 것이다.

그럼 리퍼, 사신이라는 별명만 봐도 알 수 있다.

그럼에도 멈추지 않고 그 길을 달려왔다는 것은 베드로에게도 목표로 하는 것이 있다는 말이 됐다.

"만약 정말로 복수를 위해서 아직 한국에 남아 있는 거라면, 뭔가 일을 꾸미고 있을 확률이 높아."

여행자임은 물론 억만장자인 그가 자신을 버린 부모와 나라에 대해 복수하고 싶어 꾸미는 일이라면 분명 보통의 일일 리가 없다.

하지만 그 일이 무엇일지는 짐작조차 되지 않았다.

안타깝게도 춘자가 찍어 보낸 서류의 사진에는 그 일에 대해 짐작할 만한 내용이 없기 때문이었다.

"그래도 이 인간의 정체와 대략적인 목적이라도 알아낸 건 큰 수확이야. 좋아, 그럼 이제는 슬슬 연락을 할 때가 된 것 같네."

휴대폰을 꺼내 김태수에게 받은 번호를 검색했다.

그리고는 떨리는 마음을 심호흡으로 추스르고 통화 버튼을 눌렀다.

우웅- 우웅-

몇 번의 신호음이 울렸을까?

뚝.

[태수야. 무슨 일이냐?]

휴대폰 너머로 귀에 익은 목소리가 들려왔다.

목소리의 주인공은 다름 아닌 박무봉이었다.

입가에 슬며시 지어지는 미소를 참아내며 침착하게 말문을 열었다.

"박무봉 씨, 저는 김태수 씨가 아닙니다. 갑작스레 이런 말을 해서 놀랄 수도 있겠지만 제 이름은 데이비드, 저 역시 한정훈 대표를 모셨던 사람입니다."

그러나 휴대폰 너머로는 아무런 목소리도 들려오지 않았다.

그러자 초초해지는 건 내 쪽이었다.

갑자기 박무봉이 전화를 끊고 번호를 차단하기라도 해 버리면, 연락할 방법이 없었다.

아니, 차라리 그냥 단순한 차단이면 다른 번호로 다시 연락을 하며 된다.

하지만 아예 번호를 바꿔 버리면 그때는 정말 답이 없게 된다.

"박무봉 씨?"

다시 한 번 내가 애타는 목소리로 그의 이름을 부를 때였다.

웅—

휴대폰의 진동음에 액정을 확인하니, 상대방이 영상 통화를 요청했다는 문구가 떠올랐다.

얼떨떨한 마음에 확인을 누르자 이내 휴대폰 너머로 익숙한 사람의 모습이 보였다.

"어?"

놀랍게도 그곳에는 박무봉은 물론 케빈이 함께 있었다.

5년이 지났기 때문인지 악동 같은 천진난만한 모습은 사라졌지만, 그래도 앳된 모습이 아직 남아 있는 케빈이 활짝 웃으며 말했다.

"보스! 이렇게 다시 만나게 되어서 진심으로 반가워. 그래도 그 모습은 조금 그렇다. 너무 아재 같아! very very bad!"

"······!"

잠깐, 이게 대체 무슨 소리지?

지금 케빈은 분명 날 보스라고 불렀다.

그리고 보스라는 내가 한정훈일 당시 케빈이 날 부르던 호칭이었다.

놀라운 건 그뿐만이 아니었다.

삭막하고 냉정하기 짝이 없는 얼굴로 있던 박무봉이 부드러운 미소를 지으며 말했다.

"이렇게 연락이 오길 기다리고 있었습니다. 대표님."

귓전을 흔드는 목소리.

놀라움은 상상 이상이었다.

케빈과 박무봉은 지금의 내가 데이비드가 아니라 한정훈이라는 사실을 알고 있었다.

심장의 두근거림이 커졌다.

'내가 여행자라는 사실을 두 사람에게 말한 것인가? 그만큼 이들을 믿었기 때문에?'

추측할 수 있는 가능성은 한 가지뿐이다.

그렇지 않다면 겉모습이 완벽하게 다른 나를 보고 두 사람이 지금과 같은 태도를 취할 리가 없었다.

하지만 이것만으로는 이해가 되지 않는 것들이 있었다.

내가 언제 어떤 여행자의 모습을 하고 나타날지를 어떻게 알았단 말인가?

나조차 여행을 떠나기 전까지는 데이비드라는 정착자가 될 줄은 모르고 있었는데 말이다.

"두 사람 대체 어떻게……."

어렵사리 흘러나온 첫마디였다.

케빈이 얼굴 만면 신이 난다는 표정을 짓고는 입을 열었다.

"와우! 역시 오래 살길 잘했다니까? 보스의 이런 얼굴을 볼 수 있을 거라고는 생각도 못했는데."

"……."

"보스! 지금 막 혼란스럽고 당황스럽지? 그렇지? 크으, 이게 바로 사람을 놀리는 재미의 참맛인가?"

반가움도 잠시였다.

케빈의 뒤통수를 강하게 후려치고 싶다는 욕구가 순간 치밀어 올랐다.

'훗. 깐죽거림은 여전하네.'

하긴 세월이 조금 지났다고 그 성격이 어디로 사라졌을 리 만무했다.

빡!

그리고 바로 그때 시원하고도 경쾌한 소리가 휴대폰 너머로 흘러나왔다.

어느 틈에 박무봉이 케빈의 뒤통수를 내리친 것이다.

"으악! 뭐야? 왜 때려!"

"장난칠 때가 아니다. 지금 대표님에게는 남은 시간이 얼마 없으실 테니까."

"……!"

박무봉의 얘기를 듣고 확신이 섰다.

아무래도 과거의 나는 이들에게 어떤 방법으로든 나에 관한 얘기를 말한 게 분명했다.

그러니 저런 말을 할 수 있는 것이다.

입술을 삐죽 내밀고 있는 케빈을 뒤로하고 박무봉이 말했다.

"대표님, 일단 만나시죠. 자세한 얘기는 만나서 나누는 게 좋을 것 같습니다."

Chapter 138. 과거에서 미래로

박무봉이 알려 준 주소는 놀랍게도 경기도 성남이었다.

장영호의 존재를 생각해 볼 때, 서울 근교가 아닌 지방에 있지 않을까라는 추측이 완전히 빗나간 셈이었다.

끼익-

상호조차 걸리지 않은 낡은 빌딩 앞에 도착하자 입구에 영상통화로 봤던 케빈이 보였다.

"아……."

케빈을 보는 순간 가슴 한편이 저릿하며, 짤막한 신음이 흘러나왔다.

영상통화에서는 활짝 웃고 있었기 때문에 별 탈이 없는 것이라고 생각했는데, 케빈은 휠체어에 앉아 있었다.

설마 다리를 못 쓰게 된 것일까?

급히 차에서 내려 케빈에게로 걸어갔다.

저벅– 저벅–

"보스, 오랜만이야."

"케빈."

손을 들어 반갑게 웃는 케빈을 보니 마음 한구석이 더욱 아려 왔다.

'케빈 또한 김태수처럼 당한 걸까?'

그렇다면 영상통화에서 멀쩡하게 보였던 박무봉 또한 실제로는 몸이 성치 않을 수 있었다.

침울한 마음으로 케빈을 바라볼 때였다.

빡!

입구에서 걸어 나온 정장 차림의 사내가 케빈의 뒤통수를 때렸다.

"끄악! 또 왜 때려!"

잔뜩 인상을 찌푸린 케빈이 뒤통수를 손으로 매만지며 뒤를 쳐다봤다.

정장 차림의 사내, 박무봉이 특유의 차가운 표정을 짓고는 말했다.

"대표님 오해하시게 하지 말고 얼른 일어나."

"아이 씨, 반가워서 장난 좀 친 거 가지고. 그리고 머리 좀 그만 때려! 이게 얼마나 소중한 머리인 줄 알아? 한 번 맞을 때마다 IQ가 10씩 떨어지는 것 같단 말이야! 물론 그렇다고 다른 곳을 때리란 얘기는 아니고!"

한참을 구시렁거리던 케빈이 이내 휠체어의 손잡이를 잡고 자리에서 일어섰다.

"어?"

그 모습이 너무 멀쩡해서 내가 어이없다는 표정으로 쳐다보자 케빈이 어깨를 으쓱거렸다.

"보스를 기다리는데 다리가 너무 아파서 잠깐 앉아 있었어. 이게 의외로 의자보다 편하거든."

아무렇지도 않게 말하는 케빈을 보니 오른 주먹에 절로 힘이 들어갔다.

"……박 팀장님."

"네."

"잠깐만 저 녀석 좀 잡고 있으세요."

박무봉이 양손으로 케빈의 어깨를 잡았다.

그러자 당황한 케빈이 서둘러 몸을 빼내려고 했지만, 박무봉의 힘을 이겨 낼 수는 없었다.

그렇게 옴짝달싹하지 못하는 케빈의 뒤통수를 일말의 망설임도 없이 오른 손바닥으로 휘갈겼다.

빡!

"으악! 아파! 아프다고! 보스, 오랜만에 만났는데 정말 너무한 거 아니야!"

"오랜만이니까. 박 팀장님, 이제 놔줘도 됩니다."

박무봉이 어깨를 잡은 손을 풀자 케빈이 자신의 뒤통수를 다시 어루만졌다.

눈가에는 눈물이 글썽거렸다.

그 모습에 피식 웃음이 흘러나오며, 그때까지 있던 긴장감이 스르륵 풀렸다.

"자, 우리 서로 할 얘기가 많을 것 같은데. 여기서 이러지 말고 일단 들어가도록 합시다."

낡은 외관과는 달리 건물의 내부는 의외로 넓고 쾌적한 환경을 자랑하고 있었다.

곳곳에 다수의 로봇청소기가 움직이고 있었고, 공기청정기로 보이는 기계 역시 꽤 보였다.

한쪽에는 다수의 모니터를 비롯해 과거 케빈의 작업실에서 봤던 다양한 기계 장치들이 자리를 잡고 있었다.

"흠, 이건 정말 의외네."

과거였다면 케빈의 작업 공간에는 온갖 과자 봉지들이 널브러져 있었을 것이다.

하지만 주변에는 그 흔한 과자 부스러기 하나조차 찾아볼 수 없었다.

또한, 한쪽 벽에 과자들이 브랜드별로 줄을 맞춰 차곡차곡 쌓여 있었다.

예전 그의 작업실을 생각하면 상상할 수 없는 일이었다.

스윽―

옆으로 걸어온 케빈이 불만 어린 어조로 중얼거렸다.

"보스, 미리 말해 주지 그랬어. 박가 저놈이 저런 결벽증 환자일 줄은 전혀 몰랐어. 보이지? 저 많은 로봇청소기랑 공기청정기. 저게 다 낭비야! 낭비!"

"다 들린다. 그리고 네 한 달 간식값이면, 저것들 두 배는 살 수 있을 거다."

뒤따라 들어온 박무봉이 말하자 케빈이 '눼에' 거리며 눈을 흘겼다.

"두 사람 모두 여전하네요. 그보다 대체 나에 대해서는 어떻게 알……."

"잠시만."

말이 끝나기도 전에 케빈이 손을 들어 올렸다.

"그 전에 앞서 아직 소개할 게 남아 있어."

"소개?"

주변을 둘러봤지만, 있는 사람이라고는 케빈과 박무봉이 전부였다.

그러나 박무봉 또한 희미하게 웃고 있는 것을 봐서는 분명

이들 말고 또 다른 사람이 있음이 분명했다.

"두 사람 말고 누가 또 있나?"

"보스, 사람이라고 한 적은 없는데?"

"뭐?"

실실 웃던 케빈이 양 손바닥을 마주쳤다.

짝―

[오랜만입니다. 에이션트 원.]

이윽고 들려오는 목소리에 하마터면 심장이 떨어질 뻔했다.

어떻게 잊을 수 있겠는가?

기억 깊은 곳에 남겨진 목소리, 그리고 단어,

"나, 나이트? 대체 어떻게……."

혼란스러운 얼굴로 케빈과 박무봉을 쳐다봤다.

두 사람은 대답 없이 어깨를 으쓱거렸다.

'어째서 나이트가 여기에 있는 거지?'

분명 나이트는 안성우와의 관계를 정리하면서 자연스레 사용할 수 없게 된 인공지능 컴퓨터였다.

"저희는 잠시 자리를 비켜 드리도록 하겠습니다."

"응? 왜? 그냥 여기 있어도 되잖아?"

"케빈."

"아, 왜!"

스윽—

박무봉이 오른손을 들어 올렸다.

그러자 몸을 움찔거린 케빈이 이내 박무봉을 따라 걸음을 옮기기 시작했다.

당황스러운 마음도 잠시, 두 사람이 자리를 만들어 주자 재빨리 입을 열었다.

"나이트."

[네, 말씀하시죠. 에이션트 원.]

"이게 대체 어떻게 된 거야?"

[뭐가 말입니까?]

"아니, 대체 네가 왜 여기에 있는 거냐고! 그러니까 넌 당연히……."

[에이션트 원, 인간들이 사는 세상에 당연한 건 없습니다. 알고 계시지 않습니까? 그리고 저를 만난 게 기쁘지 않으신가 봅니다?]

"······."

착각일까?

기계인 나이트의 목소리에서 어딘지 모르게 인간과 같이 삐쳐 있다는 감정이 전해져 왔다.

짐작이 가는 것이 있어 물었다.

"······너 설마 내가 아무런 말도 하지 않고 사라져서 삐치기라도 한 거야?"

[무슨 말씀인지 모르겠습니다. 그리고 그때는 뭔가 사정이 있지 않았겠습니까? 저는 비록 기계이지만 이해할 수 있습니다.]

"······."

확실하다.

나이트의 음성에서 뼈가 느껴진다.

"미안하다. 그때는 나로서도 어쩔 수 없는 상황이었어. 말도 없이 그랬던 건 사과할게."

안성우와 관계를 끊는 마당에 나이트를 내어 달라고는 할 수 없었다.

일말의 미련도 남기지 않으려면, 그 상황에서는 다른 방도가 없었다.

"······참! 그런데 아까 물어보긴 했지만, 대체 어떻게 네가 여기 있는 거야? 저 두 사람과는 어쩌다 함께 있게 된 것이고?"

[그에 대한 답변이 담긴 녹음 트랙이 있습니다. 지금 재생할까요?]

"녹음 트랙?"
반문을 내뱉은 것도 잠시, 이내 고개를 끄덕이며 말했다.
"그래, 들려줘."
그렇게 두근거리는 마음과 많은 생각 속에 얼마를 기다렸을까?
이윽고 전혀 생각지도 못한 목소리가 흘러나왔다.

[아아! 이제 시작하면 되는 거야? 녹음 잘되고 있는 거 맞지? 그럼, 시작한다. 흠흠. 안녕, 미래의 나? 내 얘기 잘 들리지?]

"이, 이건 내 목소리잖아?"
놀랍게도 나이트의 녹음 트랙에서 재생된 목소리는 다름 아닌 내 것이었다.
그러나 내가 놀라는 것과 상관없이 녹음된 목소리는 계속해서 흘러나왔다.

[이 녹음 트랙을 처음 듣는 순간 꽤 놀랐을 거라고 생각해. 아무리 별의별 일을 겪은 나라고 해도 말이야. 그렇지 않아?]

녹음 트랙의 목소리는 지금의 내 심정을 정확히 꿰뚫고 있었다.

[일단 가장 궁금해할 첫 번째. 어째서 이런 짓을 했는지에 대해서부터 설명해 볼까?

이유는 간단해. 이렇게 확실하게 하지 않으면 막을 수 없기 때문이야.

참 빌어먹게도 몇 번이고 또 몇 번이고 막으려고 했지만, 실패했거든. 내 죽음 말이지.]

"……!"

이미 내가 죽었다는 것은 알고 있다.

하지만 녹음 트랙에 의하면, 그 죽음은 한 번이 아니었다는 뜻이 된다.

내게 부활이라는 특성이 있는 것은 아닐 것이니, 지금의 말은 다른 의미로 해석할 필요가 있었다.

스윽─

손을 들어 턱을 어루만졌다.

"……확실히 미래를 경험한 나라면 분명 과거의 내 죽음을 막기 위해 다양한 방법을 찾았겠지. 하지만 그런데도 결국 막을 수 없기 때문에 이런 방법을 택한 것인가?"

룰렛을 통해 미래로 갈 수 있다는 것을 알게 된 것은 죽음으로부터 대략 2년 전이다.

다시 말해서 그 기간 동안 난 몇 번이고 과거가 아닌 미래의 방향으로 룰렛을 이용했을 가능성이 높다.

하지만 녹음 트랙의 목소리를 들어 보면, 그렇게 몇 번이나 시도했음에도 불구하고 결국 죽음을 막을 수 없었다는 뜻이었다.

[가장 큰 이유는 믿지 않았기 때문이라고 생각해. 자신을 제외한 다른 사람을 말이지.]

"……."

틀린 말은 아니었다.

나는 가족한테도 내 모든 진실을 말한 적이 없었다.

[죽음을 맞이한 사람은 나뿐만이 아니라는 거 알고 있지? 그 모든 게 내 잘못이라고 생각해서 처음에는 모든 것을 나 혼자서 안고 가려고 했어.

그래서 혼자서 대부분의 일을 처리하려고 했는데, 오히려 주변의 사람들은 갑자기 바뀐 환경에 적응하지 못하고 날 떠나더라고. 그들을 지킨답시고 아무런 말도 하지 않았던 게 오히려 날 외톨이로 만들어 버린 거야.

정말 바보 같은 선택이었던 거지. 그래서 같은 실수를 하지 않기 위해 방법을 바꾼 거야.

감추는 게 아니라 솔직해지고, 혼자서가 아닌 도움을 받는 쪽으로 말이야.]

"박무봉과 케빈이 나에 대해서 알고 있던 이유가 바로 이거였구나."

녹음 트랙의 설명을 들으니 박무봉과 케빈이 어째서 데이비드의 모습을 하고 있는 날 알아봤는지 알 것 같았다.

그들에게 솔직하게 모든 것을 털어놓은 것이다.

[물론 이 선택이 옳은 것인지 확신할 수는 없어. 만약 실패한다면 다음의 미래에서 이 녹음 트랙은 존재하지 않겠지. 그리고 주변 사람들의 상황도 달라져 있을 거야.]

계속 듣다 보니 녹음된 목소리가 아니라 마치 실제로 나 자신과 대화를 나누는 기분이었다.

그럴 일은 없겠지만 지금이라도 서프라이즈라고 외치며, 어디선가 또 다른 내가 튀어나올 것만 같았다.

그리고 이 묘한 대화를 지속할수록 난 한 가지를 깨달을
수 있었다.

"이것 또한 하나의 가능성인가?"

미래가 바뀐다고 해서 과거가 변하지 않는다.

하지만 반대로 과거가 변하면 아직 일어나지 않은 미래
는 분명하게 바뀐다.

물론 그게 긍정적인 미래가 될 것인지 부정적인 미래가
될 것인지는 시간이 흘러 그때가 되어야지만 비로소 알 수
있을 것이다.

[그럼, 이제 본격적으로 궁금증을 풀어 줄 수 있는 얘기
를 해 볼까?

이미 눈치 채고 있겠지만 게일 베드로는 여행자야. 그것
도 나보다 훨씬 오랜 기간을 활동한 고레벨의 여행자지. 그
의 추정 레벨은 대략 10~12 정도. 엄청나지?]

"정말 엄청나네."

현재 내 레벨의 3배에 가까운 레벨이었다.

물론 여행은 게임이 아니다.

레벨이 높다고 해서 무조건 능력이 좋다고 볼 수는 없었
다.

정착자와의 동기화가 50%를 넘지 못하면 그의 특성은

265

발휘되지 않으며, 임무를 수행하는 정도에 따라 획득할 수 있는 포인트 역시 차이가 있다.

그렇기 때문에 어중간한 3번의 여행보다 1번의 여행을 완벽하게 완료하는 것이 더 많은 포인트를 벌 수 있었다.

그렇지 않다면 일전에 이산이 되었을 당시 난 다른 여행자를 이길 수 없었을 것이다.

"하지만 그렇다고 해도 베드로가 나보다 압도적인 경험을 갖고 있는 것만큼은 사실이야."

더불어 현재 내가 구매할 수 없는 아이템의 폭 역시 훨씬 넓을 것이다.

[게일 베드로가 처음부터 나를 노리고 한국으로 향한 건 아니야. 그는 좀 더 준비를 하려고 했지만, KV 그룹 때문에 모든 일정이 빨라졌어.

애초에 KV 그룹이 D.K 그룹에게 합작을 내민 이유는 적대적 M&A를 목표로 하고 있기 때문이었지. 그들은 앞에서는 웃으며 손을 내밀고 뒤로는 M&A를 진행할 기업 사냥꾼을 찾고 있던 거야.

하지만 KV 그룹 쪽에서 예상하지 못한 변수가 있었어. 바로 나라는 존재지.

기업 사냥꾼 베드로가 나서기 한발 앞서 내가 본격적으로 KV 그룹을 무너트리기 위해 나섰거든.

예상 밖의 상황에 KV 그룹 쪽은 당황했고 처음에는 모든 게 계획대로 흘러가는 것 같았어.

좋은 흐름이었지.

하지만 이내 우려했던 문제가 발생했어. 그의 경고대로 다수의 여행자가 국내로 들어온 거야.]

"루시퍼······."

결국 그의 말은 사실이었던 모양이다.

[정확히 무슨 이유 때문에 국내에 들어왔는지는 조금 이따가 말해 줄게. 어쨌든 그렇게 국내로 들어온 이들 중 한 명이 여행자인 내 존재에 대해서 알게 됐고, 뒤늦게 친분이 있던 베드로를 불러들인 것 같아.

국내로 들어온 베드로는 자신에게 러브콜을 보냈던 KV 그룹과 손을 잡았고 말이야.

이미 내가 전면에 나서서 KV 그룹을 공격하고 있으니, 그쪽과 손을 잡는 편이 날 상대하기 편하다고 판단했던 거 겠지.]

"음."

정리해 보자면, KV 그룹과의 전쟁에서 나 이외의 여행자가 개입하면서 이 모든 사단이 벌어졌다는 얘기가 되었다.

[자, 이쯤 되면 D.K 그룹과 관련된 일이 궁금할 거야. KV 그룹과 베드로라는 기업 사냥꾼이 대단하다고는 해도 그렇게 빠른 시간 내에 잡아먹을 수 있을 만큼 D.K 그룹이 작은 규모의 기업은 아니었으니까.]

맞는 말이다.

5년 전 D.K 그룹은 소셜 분야에서 페이머스 북에 뒤이어 업계 2위를 달리고 있었다.

인원, 규모, 자본, 기술 등등 이것저것을 따져 봐도 KV 그룹이 쉽게 삼킬 수 있는 규모가 아니었다.

[이 또한 짐작하고 있겠지만, 바로 사랑 때문이야.]

사랑?

머릿속에 떠오르는 두 사람이 있다.

아무래도 내 추측이 맞았던 것 같았다.

[KV 그룹은 본래 수단과 방법을 가리지 않고 D.K 그룹을 인수 합병시키려고 했어. 그 와중에 여행자인 베드로까지 가세하니, 그야말로 호랑이에게 날개가 달린 셈이었지.

하지만 레이아는 결코 만만한 상대가 아니었고, 오히려 법적 분쟁을 통해 KV 그룹이 막대한 배상금을 물어야 하는 상황까지 오고 말았어.

상황이 그렇게 흘러가니까 그들은 그녀의 유일한 약점을 노리기 시작했어. 바로 잠정 은퇴한 안성우 회장 말이야.

여행자인 베드로가 특수한 독을 이용해서 안성우 회장을 중독시킨 거야. 당연히 현대 의학으로 그 독을 해독하는 것은 불가능했고 말이야.

결국 시간이 흐를수록 안성우 회장은 독에 중독되어 죽어 가기 시작했고, 뒤늦게 찾아온 레이아로부터 그 사실을 접한 내가 해독제를 구하려고 했지만 당시의 나로서는 그의 상태가 더 나빠지는 것을 막는 게 고작이었어.]

"그럴 리가!"

이해가 되지 않았다.

아무리 강력한 독이라도 정산의 방에서 구할 수 있는 아이템이라면 치료할 수 있었을 텐데?

[아아! 지금 무슨 생각을 하고 있을지 알 것 같아. 정산의 방에서 구매 가능한 아이템을 떠올렸지?

하지만 말이야. 아이템의 관계는 수직적이란 것을 기억해야 해. 쉽게 말해서 저레벨의 아이템은 고레벨에서 구매 가능한 아이템의 효과를 이길 수 없다는 말이야.

물론 예방하는 정도라면 어렵긴 해도 아예 불가능하지는 않지만, 그때는 설마 그쪽에서 그런 방법을 사용했을 줄은 상상도 하지 못했거든.]

베드로의 추정 레벨은 10~12.

앞서 말했듯 과거의 내 레벨을 생각하면 대략 3~4배 정도다.

즉, 그는 내가 구매할 수 없는 수준의 아이템으로 모든 상황을 정리한 것이다.

"……결국 이러니저러니 해도 템빨에 밀렸다는 거 아니야?"

기분이 더러웠다.

하긴 그러니까 몇 번이나 미래를 봤어도 상황을 바꾸기 어려웠던 것이다.

단순히 작전과 계획의 문제였다면 변경을 하면 되지만, 애초에 시작부터 스펙의 문제였으니 현실의 벽을 넘기가 쉬웠을 리 없었다.

5천 명으로 3만 명을 막아 내거나 이기는 것이 전략과 전술이다.

하지만 아무리 뛰어난 전략과 전술이라고 해도 5천 명으로 50만 명을 막을 수는 없는 법이다.

즉, 압도적인 힘의 차이 앞에 전략과 전술은 의미가 없었다.

[게다가 좀 전에도 말했지만 베드로는 다른 여행자와 친분이 있었어. 그에 비해 나는 정반대였지.

철저하게 내 비밀을 다른 사람에게 숨겼고 굳이 다른 여행자와 접촉하는 것도 피했으니까. 왜 그랬는지는 잘 알고 있지?]

"물론이야."

모를 리가 없다.

이유는 가슴속에 남아 있는 두려움 때문이었다.

혹시 다른 여행자에게 내가 지금까지 이룬 모든 것을 빼앗기지 않을까 하는 두려움이 내게 남아 있었다.

그렇기 때문에 숨겨 온 것이다.

[상황이 최악으로 치닫자, 결국 레이아는 D.K 그룹을 포기하고 안성우 회장을 선택했어. 당시에는 그것만이 안성우 회장을 살릴 수 있는 유일한 길이었으니까.]

그래서 D.K 그룹이 그렇게 빠른 속도로 KV 그룹에게 인수 합병되었던 것인가?

하긴 안성우 회장의 치료제를 놓고 무조건 협력을 강요받았다면, 레이아로서는 다른 방법이 없었을 것이다.

그녀는 정말로 안성우 회장을 사랑하고 있었다.

나 역시 그걸 알고 있었기 때문에 그녀가 내 뒤통수를 쳤음에도 한 번은 그냥 넘어갔던 것이다.

[이후 두 사람은 내게 나이트의 소유권을 완전하게 넘겼어. 대신 복수해 달라는 의미였지.

그 뒤부터는 모든 부분에서 끈질긴 싸움의 시작이었어. 자세한 기록은 나이트를 통해 남겨 뒀으니, 확인해 보면 될 거야.

아! 그리고 오해가 있을 것 같아서 말해 두지만 나를 죽인 건 베드로가 아니야. 이것도 나중에 나이트의 기록을 찾아보면 알겠지만, 일단 놈의 진짜 목적은 다른 곳에 있었거든.]

"뭐? 베드로가 아니었어?"
이건 또 전혀 예상하지 못한 전개였다.

[아까 잠깐 언급을 했지만, 외국에서 다수의 여행자들이 국내로 들어왔다고 했지? 그들이 국내로 들어온 진짜 이유는 바로 살해자를 찾기 위해서였어.]

"살해자?"

[오래되었지만, 잘 생각해 보면 기억이 날거야. M.G 게시판에서 자신이 알고 지내던 여행자가 살해당했다는 글을 봤던 적이 있을 거야.]

"……!"

그러고 보니 분명 그런 글을 본 적이 있었다.

그는 자신의 여행자 친구들의 죽음에 이상함을 느껴 조사를 시작했고 그 결과 친구들을 죽인 범인을 찾아냈다며 게시판에 장문의 글을 남겼다.

무엇보다 글쓴이가 놀랐던 것은 그 범인이 죽은 친구들의 여행자 스킬을 사용했다는 점이었다.

이로 인해 게시판에서 뜨거운 갑론을박이 벌어졌었다.

[놀랍게도 그 글을 사실이었어. 한국으로 들어온 다른 여행자들은 그놈을 찾아 죽이기 위해 들어왔던 거야.

뒤늦게 알았지만, 다수의 여행자가 소속된 단체가 있고 그들은 그 살해자를 위험 요소로 판단했던 거지.

그리고 정말 재수 없게도 나는 국내로 들어온 여행자들이 놈을 잡기도 전에 그 살해자 놈의 먹이가 되어 버린 거야.]

머리카락이 쭈뼛거렸다.

어째서 이런 말을 녹음했는지 이유를 추측하는 건 어렵지

273

않았다.

그 살해자라는 여행자에게 몇 번이나 당했기 때문일 것이다.

[KV 그룹과 베드로 역시 위험하긴 하지만, 진짜 조심해야 할 대상은 바로 그 살해자야.

처음에는 살해자의 존재에 대해서 알지 못했기 때문이라고 할 수 있지만, 그 뒤에 대비를 했음에도 당했다는 건 놈이 나보다 더 대단하다는 증거겠지.

그래도 몇 가지 알아낸 사실은 있어. 이 사실을 이용해서 계획을 잘 세우면, 이번의 나는 역으로 놈을 잡을 수 있을지도 몰라.]

이번의 나라는 소리를 들으니, 기분이 이상했다.

단 한 번도 나라는 존재 이외에 내가 있다고 생각해 본 적이 없다.

그런데 지금 내 목소리를 통해 내가 몇 번이고 죽었었다는 얘기를 듣고 있었다.

당연히 기분이 좋을 리가 없었다.

"후우."

입을 벌려 숨을 크게 들이마셨다.

당황스럽고 혼란스럽지만 녹음된 내용은 끝까지 들어야

할 필요가 있었다.

[안타깝게도 놈의 진짜 모습을 안다면 다양한 대처법을 생각해 낼 수 있겠지만, 놈이 남자인지 여자인지 혹은 아이 인지 노인인지는 알지 못해.

바로 녀석이 지닌 스킬 때문이야. 놀랍게도 살해자라고 불리는 놈은 자신이 눈으로 본 대상과 똑같은 모습으로 변신할 수 있는 스킬을 가지고 있거든.

그렇기 때문에 어느 날 주변의 사람들이 기존에 알고 있던 모습과 다른 행동을 보인다면, 경계하고 조심할 필요가 있어.]

"……아까는 자신을 제외한 다른 사람을 좀 더 믿어 보라고 하지 않았나?"

녹음된 트랙의 내용대로라면, 주변의 사람을 믿는 건 더욱 어려운 일이었다.

당장 아침에 밥을 먹고 커피를 마시던 동료에게 죽임을 당할 수도 있는데 누굴 믿으란 말인가?

[다행인 점은 최근 이 변신 능력의 단점을 찾아냈다는 거야. 아까 말했듯 이 스킬은 눈으로 본 모습만 똑같이 변할 수 있어.

다시 말해서 보이지 않는 곳의 상처나 흉터까지 완벽하게 재현하는 건 불가능하다는 거지.

이 점을 잘 이용한다면, 분명 놈을 상대할 실마리를 찾을 수 있을 거야.]

"젠장."

미간이 절로 찌푸려졌다.

말은 쉽다.

하지만 파훼법이라고 알려 준 방법은 정말로 친밀한 사이가 아니라면 확인이 불가능한 것이다.

세상천지 어떤 사람이 별로 친하지도 않은 사람에게 자신의 몸에 있는 상처와 흉터를 광고하고 다니겠는가?

사내라면 같이 사우나라도 가서 확인해 보겠지만, 여성이라면 더더욱 난감할 수밖에 없다.

[또 한 가지 명심해야 하는 건 놈이 이미 다수의 여행자를 죽이고 스킬을 빼앗았다는 점이야. 그런 만큼 전혀 생각지도 못한 스킬을 보유하고 있을 확률이 높아.

그러니 될 수 있다면 놈에게 당한 여행자들에 대한 정보를 모으고 그에 대한 대비책을 세워 놓아야 해.

가장 좋은 건 무엇보다 그 녀석을 만나기 전에 내가 강해지는 일이겠지만 말이야.]

시간이 흐르면 사람은 변한다고 한다.

그리고 그건 나 역시 마찬가지였던 것 같다.

지금의 녹음 트랙은 내가 나를 위해서 남긴 것이다.

하지만 지금처럼 제3자의 입장으로 듣고 있으니, 참으로 기분이 나빴다.

특히 자신의 죽음을 걱정하는 것 치고는 너무나도 태연했다.

"이번의 내가 실패해도 또 다른 기회가 있다고 생각하는 건가?"

그럴 수도 있다.

다시 과거로 돌아간 내가 1년 정도가 지난 시점에서 미래로 간 뒤, 또 이와 같은 메시지를 남길 수도 있을 것이다.

하지만 내가 겪지 않은 일을 마치 겪은 것처럼 계속 들으니, 마치 나 자신이 누군가에 의해 조종당하는 꼭두각시 같은 기분이 들었다.

"이거 기분이 꽤 더럽네."

[그리고 마지막으로 강해지고 싶다면 준에게 그 방법을 묻는 게 좋을 거야. 녀석은 과거의 내가 생각했던 것보다 많은 것을 알고 있고 또 할 수 있는 녀석이거든. 그럼, 더 궁금한 건 나이트에게 물어보라고. 행운을 빌어.]

길고 길었던 녹음 트랙이 끝이 났다.
잠시 눈을 감고 있다가 입을 열었다.

"나이트."
나지막한 부름에 전과는 다른 목소리가 귓전을 찔러 왔다.

[네, 에이션트 원.]

"방금 녹음 트랙 언제 녹음된 거야?"

[2022년 5월 21일입니다.]

"2022년 5월 21일이라면……."
기억을 더듬거렸다.
분명 내가 사망한 날짜는 2022년 6월 15일이었다.
그렇다면 이 녹음을 끝내고 불과 한 달이 되기도 전에 죽었다는 말이 된다.
"미래를 알고서 미리 녹음을 한 건가? 아니면 아예 짐작도 못하고 있다가 당한 걸까? 나이트! 혹시 조금 전 녹음과 관련해서 죽음과 관계된 내용은 없어?"
대답은 즉각 흘러나왔다.

[관련된 내용은 존재하지 않습니다.]

"……하긴 알았다면 한 달 전이 아니라 하루 전이나 최소 일주일 전에 녹음을 했겠지. 최대한 최신 버전으로 말이야."

과거로 향하는 여행에는 제약이 존재했다.

그건 누군가의 운명, 즉 생명이 관계된 역사에 개입해서 과거를 바꾼다면 그에 대한 업의 무게를 여행자가 고스란히 감당해야 한다는 점이다.

미래라고 해서 과연 다를까?

지금은 정확히 알지 못하지만, 미래 또한 분명 여행자가 해서는 안 되는 일이 존재할 것이다.

"다행히 과거의 일에 대해 조사하거나 미래에 죽을 목숨을 살리는 건 영향이 없는 것 같지만 말이야."

만약 이 두 가지에 업의 무게가 있었다면 진즉 내게 큰 고통이 느껴졌을 것이다.

하지만 아직까지 아무런 고통이 없는 것으로 봐서는 이 두 가지는 아닌 것이 확실했다.

"그나저나 이렇게 나이트와 재회할 수 있을 줄 알았다면, 굳이 인터넷 검색을 하며 시간을 낭비할 필요가 없었는데."

그간 PC방과 컴퓨터로 보낸 시간이 얼마이던가?

상당한 시간을 낭비했다는 생각에 한숨이 절로 나왔다.

[에이션트 원, 조금 전의 말씀은 저를 만나서 반갑다는 말씀이십니까?]

갑자기 훅 들어오는 나이트의 질문에 입가에 미소가 절로 생겼다.

확실히 사람이 든 자리는 몰라도 난 자리는 안다고 했는데, 나이트 역시 그랬던 것 같다.

물론 나이트는 사람이 아닌 기계지만 말이다.

"그래, 엄청 반갑다. 덕분에 이번 여행이 끝나고 제자리로 돌아가면 너부터 다시 찾을 생각이야."

[의미의 해석이 어렵습니다. 하지만 반갑다는 뜻은 알겠습니다. 저 또한 에이션트 원을 다시 만나게 되어서 반갑습니다.]

"좋아. 그런 의미에서 나이트 네가 도와줄 게 있어."

[무엇이든 말씀하시기 바랍니다.]

드르륵—

나이트의 목소리를 들으며 사무실 한쪽에 배치된 의자를 끌고 와서 앉았다.

"지금으로부터 5년 전, 그러니까 2020년부터 2025년까지 사회, 문화, 경제, 정치 등등 전반부에 걸쳐 세계적으로 벌어졌던 중요한 사건들에 대해서 모두 알려 줘."

Chapter 139. 머천트의 비밀

"보스! 아무리 그래도 이거 너무한 거 아니야?"

다시 사무실로 들어온 케빈은 입술을 잔뜩 내밀고 불평불만을 털어놓았다.

말은 하지 않았지만, 표정을 보니 박무봉 또한 살짝 화가 나 있는 게 느껴졌다.

그럴 만도 한 것이 잠시 대화를 나누라고 두 사람이 비켜줬는데, 내가 그들을 다시 부른 것은 무려 4시간이 지난 뒤였기 때문이었다.

"미안해. 물어볼 게 좀 있었는데, 시간이 이렇게 흐를 줄은 생각도 못했네."

사실 나 역시 시간이 이렇게 빠르게 흘러갈 줄은 몰랐다.

인터넷으로 검색을 할 때는 단지 이미 벌어진 사실에 대한 결과만 알 수 있었다.

하지만 나이트는 어째서 그런 일이 벌어졌고 왜 이런 결과가 나올 수밖에 없는지에 대한 분석까지 첨언했다.

당연히 생각의 사고와 깊이가 달라지다 보니, 시간은 더 오래 걸릴 수밖에 없었다.

"그래서 의문은 모두 해결하셨습니까?"

"어느 정도 답답함은요."

적어도 정체 모를 적들에게 허무하게 당하지 않을 정도의 지식은 쌓았다.

"그럼, 일단 식사부터 하시죠. 혹시 시간이 길어질지 몰라 초밥으로 준비했습니다. 누구는 자장면이 먹고 싶다고 했지만 말입니다."

박무봉이 힐끗 케빈을 쳐다봤다.

케빈이 시선을 피하며 중얼거렸다.

"……아니, 뭐 이렇게 오래 걸릴 줄 알았나? 게다가 자장면이 어때서? 민주주의 국가에서 먹고 싶은 음식 정도는 자유롭게 선택할 수 있는 거 아니야?"

물론 그렇긴 하다.

하지만 굳이 대답하지는 않았다.

4시간이 지난 자장면의 상태는 상상만으로도 아찔하니까.

박무봉이 포장해 온 초밥을 테이블 위에 올려 두고 먹기 시작한 지 얼마쯤 지났을까?

우적- 우적-

쉼 없이 초밥을 입으로 집에 넣는 케빈을 뒤로하고 박무봉에게 물었다.

"예전 얘기를 좀 들을 수 있겠습니까?"

"예전 얘기라면, 대표님이 죽고 난 뒤의 얘기를 말씀하시는 겁니까? 아니면, 저희에게 비밀을 밝히시고 난 뒤를 말씀하시는 겁니까?"

비밀을 공유하고 나니까 확실히 좋은 점이 있다.

내가 감추고 있는 사실을 드러내지 않고 대화를 해야 할지 고민하지 않아도 된다는 점이었다.

"비밀을 말한 시점부터 얘기를 들어 봤으면 좋겠군요."

난 대체 어떤 계기로 이들에게 나에 대해 털어놓을 생각을 했던 것일까?

꿀꺽-

박무봉이 입을 열기에 앞서 먼저 말문을 연 것은 씹고 있던 초밥을 단숨에 삼킨 케빈이었다.

"그냥 별것 없는데. 어느 날 보스가 나랑 이 사람 그리고 차 아저씨를 불러 놓고 이상한 능력을 보여 줬어. 그리고 앞으로 몇 년 안에 자기가 죽을 거라고 얘기하면서, 그 뒤를 부탁한다고 했지. 그때를 생각하면…… 후우. 난 보스가 어벤져스의 일원인 줄 알았다니까?"

박무봉이 고개를 끄덕이며 그 뒤를 이어 말했다.

"맞습니다. 처음에는 무슨 약이라도 하신 줄 알았지만, 그 뒤에 보여 주신 능력들은 솔직히 인간이라고 보기에는 어렵더군요. 케빈의 표현대로 어벤져스, 마치 그런 존재 같았습니다. 아! 그리고 저희가 대표님에 대해 전부 알고 있는 건 아닙니다. 대표님께서는 어떤 제약이 있기 때문에 모든 얘기는 할 수 없다고 하셨습니다."

"으음."

"다만 몇 년 뒤에 어떤 모습이 됐든 자신의 이름을 거론하면서 연락을 취해 오면, 그 사람을 본인으로 생각하라고 했습니다."

"고작 그 정도의 말로 날 믿었다고요?"

"무슨 문제가 있습니까?"

너무나 담담한 박무봉의 대답에 오히려 내가 할 말을 잃었다.

"잠깐 그러고 보니……."

나이트는 대체 나를 어떻게 알아본 거지?

영혼을 볼 수 있는 능력을 갖춘 것도 아닐 것이고 그렇다고 무슨 여행자마냥 특별한 스킬이 있지도 않다.

나이트는 그저 뛰어난 능력을 보유한 기계일 뿐이다.

그런데도 나이트는 겉모습이 완전히 다른 나를 보고

에이션트 원이라고 불렀다.

단순히 박무봉과 케빈이 인정했기 때문일까?

"나이트! 너 대체 날 어떻게 알아본 거야?"

[저장소 사이트에서 리스트를 다운받지 않으셨습니까?
그걸로 현직 및 퇴직한 국회의원들을 협박해서 돈을 받아
내셨고요.]

"……!"

놀라는 나를 뒤로하고 나이트가 말을 이었다.

[그 사이트를 아는 사람은 오직 한 사람뿐. 그러니 당연
히 그때부터 알고 있었습니다. 이 세상에 제 주인이신 에이
션트 원이 다시 나타났다는 사실을요.]

"아!"

하긴 생각해 보니, 지금의 내가 이토록 쉽게 떠올렸던 것
을 또 다른 나 역시 알아차리지 못했을 리 없었다.

"나이트, 이것도 혹시 내가 미리 언질을 했었나?"

[그렇습니다.]

혹시나 했던 질문에 대답은 역시였다.

입가에 쓴웃음이 지어졌다.

그렇다는 것은 어찌 됐든 모든 것이 정해진 수순이란 뜻이었다.

"응?"

바로 그 순간.

귓가에 익숙한 알림음이 들려왔다.

띠링!

[희망을 잃은 환자의 목숨을 살렸습니다.]

[카운트가 갱신되었습니다.]

재빨리 임무창을 활성화시키고 카운트 수치를 확인했다.

〈환자의 목숨을 살려라〉

목표: 환자의 목숨을 살려라(2/5)

설명: 영국의 외과의사인 데이비드는 최근 집도한 수술이 실패하며 환자가 목숨을 잃었고, 이로 인해 병원에서 징계를 받았습니다.

이후 그는 극심한 트라우마에 시달리며 매일같이 술로 하루를 지새우고 있습니다.

14일 동안 트라우마를 극복하고, 환자 5명의 목숨을 살리세요.

한강에서 성실만을 구한 이후 1이었던 카운트의 수치가 2로 변했다.

지금에 와서 이런 현상이 생긴 이유는 하나뿐일 것이다.

'좋았어! 성공했구나!'

신소윤이 추천해 줬던 환자.

정이환이라는 아이의 심실 보조 장치 이식 수술이 성공했음이 분명했다.

우웅— 우웅—

그리고 이런 내 예상을 뒷받침이라도 하듯 휴대폰에서 진동음이 울렸다.

[신소윤]

액정에 떠오른 이름 또한 예상 그대로였다.

재빨리 통화 버튼을 누르자 이내 한껏 들뜬 목소리가 흘러나왔다.

[서, 성공이에요! 수술이 대성공이래요!]

"정말 잘됐습니다."

나 역시 기쁜 목소리로 대답해 줬다.

그럴 것이 지금의 상황은 아이에게도 그렇고 나한테도 정말 잘된 일이었다.

[이 모든 게 데이비드 씨 덕분이에요. 참! 아이 부모 쪽에서 정말 감사하다며 인사를 하고 싶다고 하는데, 한번 만나 봐주실 수 있을까요?]

"괜찮습니다. 아이 부모에게는 신 팀장님이 잘 말씀해 주세요. 그때도 말씀드렸지만, 저 역시 나름의 목적이 있었기 때문에 도왔을 뿐입니다. 그러니 굳이 아이의 부모를 만나서 감사 인사를 받을 필요는 없을 것 같네요."

[하지만 아이도 그렇고 아이 부모님도 데이비드 씨를 정말 보고 싶어 하는데…….]

신소윤이 풀 죽은 목소리로 말끝을 흐렸다.

하긴 부모 입장에서 나라는 후원자는 하늘에서 내려온 천사나 다름없을 것이다.

그러나 어차피 후원한 돈은 내가 피땀 흘려 번 돈도 아니며, 도운 목적 또한 순수함이 깃든 선의가 아니었다.

'거짓된 선의로 폼을 잡고 싶지는 않으니까.'

그런 짓을 했다가는 나 자신에게 제일 먼저 구역질을 토해 낼 것이다.

"그보다 제 쪽에서도 결과가 좋은 방향으로 나왔습니다."

[네?]

신소윤의 반문에 재빨리 이어서 말했다.

"그때 신 팀장님께서 보여 주셨던 서류의 남은 아이들 역시 전부 후원하겠다는 말입니다."

[아아!]

감동 어린 탄성이 휴대폰 너머에서 들려왔다.

아마 모르긴 몰라도 내 앞에 신소윤이 있었다면, 그녀는 눈물을 보였을 것이다.

지금까지의 반응을 보면 이건 100% 확신한다.

[저, 정말 그때 그 아이들 4명 모두 후원하실 생각이신가요?]

"그렇습니다. 이번에도 처음과 같은 방법으로 수술비 전액을 후원하겠습니다."

중간에 장영호가 개입하면서 잔금을 지불하지 않은 덕분에 아직 돈에는 여유가 있었다.

[가, 감사합니다! 정말 감사해요!]

사실 남은 카운트의 수치는 3이었기 때문에 굳이 4명 전부를 도울 필요는 없었다.

단순하게 임무를 완료하기 위한 목적이라면, 신소윤에게 3명을 고르라고 하면 그만이었다.

하지만 그렇게 하지 않은 이유는 왜일까?

내가 착해서?

앞서 말했듯 나는 스스로를 천사보다는 악마에 가까운

사람이라고 생각하고 있다.

당연히 순수한 마음으로 이런 것은 아니었다.

'만약이란 게 있으니까.'

정이환이라는 아이의 치료가 카운트 수치를 올리기는 했지만, 남은 아이들도 모두 그러리라는 보장은 없었다.

게다가 수술이란 언제나 두 가지 가능성이 존재한다.

성공 혹은 실패.

만약 수술이 실패하기라도 한다면, 당연히 임무의 카운트 수치는 오르지 않을 것이다.

그러니 4명의 아이를 돕는 건 어디까지나 만약을 위해서였다.

[그럼, 언제 센터로 오실 생각이신가요?]

"굳이 센터를 방문해서 다시 만날 필요까지는 없을 것 같습니다. 전과 같이 후원과 관련된 서류를 준비해서 보내주시면, 확인 후 수술비 전액을 지원하도록 하겠습니다. 아! 그리고 미리 말씀드리지만, 이번에도 아이와 그 가족들을 만날 생각은 없습니다. 그러니 그 부분은 신 팀장님께서 알아서 잘 말해 주세요."

[……아, 알겠습니다. 그럼, 관련 서류를 보내 드리고 다시 연락드리도록 하겠습니다.]

통화를 종료하자 묘한 시선으로 나를 쳐다보고 있는 박무봉과 케빈이 보였다.

"왜 그렇게 봅니까?"

"그냥 여전하시다는 생각이 들었습니다."

박무봉의 대답에 고개를 갸웃거렸다.

"여전해요?"

"보스는 항상 자신을 끔찍하게 아끼는 것처럼 말하지만, 실제로는 늘 주변 사람을 돕고 있거든."

"뭐?"

케빈이 어깨를 으쓱거리며, 볼록하게 솟아오른 자신의 배를 양손으로 두들겼다.

"지금까지 행보를 보면 그렇잖아? 솔직히 보스처럼 그 정도 능력과 재산이 있는데, 누가 고생을 사서 하겠어? 나 같으면 세상이 멸망한다고 해도 신경 쓰지 않을 텐데. 안 그래, 아저씨?"

"맞아. 너라면 당장 내일 세상이 멸망한다고 해도 방구석에 박혀서 과자나 먹으며 컴퓨터나 하겠지."

"……지금 나 비꼬는 거야?"

박무봉의 중얼거림에 케빈이 인상을 찌푸리자 순식간에 분위기가 험악하게 변했다.

탁-

손에 들고 있던 젓가락을 소리가 나도록 내려놓았다.

"두 사람 모두 그만."

이대로 그냥 두었다가는 두 사람 모두 주먹다짐이라도

할 분위기였다.

물론 정면으로 주먹다짐을 한다면 케빈이 박무봉을 이길 확률은 0.1%도 되지 않는다.

아니, 아예 불가능이 맞을 것이다.

하지만 역사를 보면 이름 높은 무장이라 할지라도 지략가의 책략에 속아 황당할 정도로 어이없는 죽음을 당하는 상황은 늘 있어 왔다.

그런 점을 볼 때 어린 시절부터 수년 동안 FBI와 CIA의 추격을 따돌리고 살아온 케빈이라면, 자신의 몸을 지킬 비장의 한 수 정도는 있을 것이다.

'두 사람의 사이가 불편하면 결국 좋지 않은 건 내가 되니까.'

이 자리에 있는 모두가 날 위해 움직이고 있는 사람들이니 당연했다.

"참 그런데 두 사람은 이곳에서 뭘 하고 있던 겁니까?"

만날 때부터 궁금했던 질문이었다.

그러나 정작 궁금했던 나와는 달리 두 사람은 너무나도 쉽고 당연하다는 듯 말했다.

"그야 보스를 기다렸는데?"

"대표님을 기다렸습니다."

고개를 갸웃거렸다.

"네?"

"저와 케빈이 받은 마지막 임무는 바로 대표님을 기다리는 것이었습니다."

머릿속에 설마 하는 생각이 떠올랐다.

'과거가 바뀌면 당연히 미래 또한 바뀐다. 그 말은 내가 다시 과거로 돌아가면 지금과 같은 미래는 생기지 않을 수 있다는 거지.'

생각을 거듭할수록 얼굴이 딱딱하게 굳어졌다.

'그러니까 결국 딱 여기까지만 생각하고 지시했다는 건가? 어차피 바뀔 미래라고 판단해서? 이런 망할 자식!'

왜 굳이 케빈과 박무봉이었을까라는 의문은 필요 없다.

조금만 생각해 봐도 알 수 있다.

애초의 목적은 두 사람보다는 인공지능 컴퓨터인 나이트였던 것이다.

인간의 기억은 시간이 흐르면 희미해지거나 지워진다.

또는 잘못된 기억으로 변화할 가능성도 있었다.

간혹 너무나 생생한 과거의 꿈을 꾸는 바람에 '사실은 자신이 실제로 그런 일을 겪지 않았을까?'라는 의문을 갖게 되는 경우도 종종 생긴다.

하지만 기계에 저장된 기억은 그렇지 않다.

인간의 기억보다 오래가고 정확한 것이 바로 기계가 가진 데이터였다.

그렇기 때문에 나는 아까의 녹음 트랙을 듣기 위해 가장 믿었던 사람인 케빈과 박무봉으로 하여금 나이트를 지키게 한 것이다.

누구로부터라는 질문을 한다면, 오히려 대상이 너무 많은 게 흠이었다.

당장 KV 그룹은 물론 베드로가 있고, 국내로 들어온 다른 여행자나 그 살해자라는 녀석도 있었다.

'기계로 사람을 지키는 게 아니라 사람으로 기계를 지키게 했네. 그것도 가장 믿는 사람들의 삶을 저당잡아서 말이야.'

입 안이 무척이나 씁쓸했다.

사람은 누구나 자신만의 인생이 있다.

하지만 지금의 상황을 보면 난 단순히 내가 원하는 것을 이루기 위해 이 두 사람을 잡아 놓은 것이나 마찬가지였다.

언제가 될지 모르지만, 어차피 내가 다시 돌아가면 미래를 바꿀 수 있다는 이유만으로 말이다.

하지만 말이다.

그렇다면 더 나은 미래를 위해 열심히 사는 인생 따위에 무슨 의미가 있을까?

대부분의 인간은 자신이 처한 상황을 받아들이고 더 나은 미래를 위해 노력하며 살아간다.

하지만 과거로 돌아갈 수 있다면, 노력 따위는 무의미했다.

더욱이 내 노력으로 만들어진 미래가 타인에 의해 수시로 바뀔 수 있다는 것을 알면 어떤 기분일까?

"크윽."

갑자기 심장이 저릿하며 고통이 몰려왔다.

"보스!"

"……괜, 괜찮아. 그보다 물 한 잔만."

박무봉이 재빨리 종이컵에 물을 담아 건넸다.

"여기 있습니다."

꿀꺽- 꿀꺽-

목젖을 타고 시원한 물이 몸속으로 들어가자 차츰 심장에서 느껴지던 고통이 잦아들었다.

하지만 조금 전 한없이 이기적으로 보이던 나 자신의 모습이 뇌리에서 사라진 건 아니었다.

케빈과 박무봉이 걱정스러운 표정으로 나를 쳐다보며 말했다.

"아무래도 일단은 올라가서 쉬시는 게 좋을 것 같습니다."

"그게 좋겠어. 보스! 바로 위층에 쉴 만한 곳이 있으니까 그리로 가서 좀 쉬도록 해."

본래라면 두 사람의 제안은 시간이 부족하다는 의미로 거절했을 것이다.

[현재 임무 완료까지 남은 시간은 106시간입니다.]

실제로 이제 남은 시간은 5일이 채 되지 않았다.

아직 해야 할 일이 남은 상황에서 휴식은 사치라고 볼 수 있었다.

그러나 생각과 달리 심신의 지침을 알아 버린 입술은 제 멋대로 움직였다.

"……미안하지만 부탁할게."

정산의 방.

여행자들이 여행을 떠나기 전과 여행에서 돌아온 후에 들릴 수 있는 곳.

이곳에 존재하는 머천트들은 여행자의 수준에 맞춰 늘 새로운 정보와 아이템을 준비한다.

그리고 그렇게 준비한 정보와 아이템들은 여행자가 여행지에서 획득한 포인트를 통해 구매할 수 있다.

이 때문에 다수의 여행자들은 머천트들을 오로지 포인트에 미친 장사꾼으로 취급하는 경향이 있다.

그러나 이미 어느 정도 수준을 넘어선 여행자들을 알고 있다.

머천트들을 무시하고 적대하는 것이 얼마나 멍청한 행동인지를 말이다.

그들이 선심 쓰듯 말하는 정보 혹은 월권으로 판매하는 물건들은 하나같이 엄청난 가치를 지니고 있다.

그러니 아니꼽고 싫어도 머천트들의 비위를 맞추고 그들과 친하게 지내는 것이 현명한 일이다.

마음에 들지 않는다고 해서 자신의 담당 머천트를 바꾸거나 교환하는 게 불가능하기 때문이다.

또한 여행자는 다수의 머천트가 존재한다는 사실을 알고 있지만, 실상 만나 보고 대화를 나눌 수 있는 건 한 명뿐이라는 사실을 명심해야 한다.

이 사실을 잊고 다른 머천트를 데려오라고 난리를 피웠다가는 생각지도 못한 끔찍한 일을 당할 수도 있다.

결국 머천트를 선택함에 있어서 다른 선택지가 없으니 첫 단추를 잘 꿰는 것이야말로 여행자의 필수 덕목이라 할 수 있을 것이다.

[어느 여행자가 남긴 일기에서 발췌]

웅성웅성-

왁자지껄한 소음에 머천트 준이 손으로 이마를 짚으며 깊은 한숨을 내쉬었다.

"후우."

그는 원래 소란스러움보다는 고요함과 적막함을 좋아하는 성격이다.

또한, 너저분한 것보다는 깔끔하고 정리된 것을 선호하는 편이며 맥시멈보다는 미니멈을 좋아했다.

그렇기 때문에 그가 생활하는 정산의 방은 거의 물건이 없다 싶을 정도로 휑한 모습을 자랑했다.

간혹이라는 표현보다 꽤 자주 찾아오는 머천트 마리아만 없었다면, 준이 하루에 입을 여는 횟수마저 한 손가락으로 꼽을 수 있을 것이다.

하지만 오늘은 달랐다.

준이 기거하는 정산의 방에는 기괴한 모습을 한 다수의 존재들이 시끄럽게 떠들고 있었다.

스윽-

이마에 올렸던 손을 내린 준이 시선을 오른쪽으로 돌렸다. 그곳에는 족히 3미터는 될 법한 거한이 있었다.

녀석의 이름은 〈야타르〉.

검은 피부를 지닌 그는 4개의 팔을 가지고 있었는데, 각 손마다 맥주잔, 닭다리, 술병, 이름 모를 과일을 들고 있었다.

"흐음."

그의 시선이 야타르의 반대편으로 향했다.

그곳에는 볼륨감 있는 몸매에 하얗고 삐쭉 솟은 귀가 인상적인 여성이 마리아와 함께 홍차를 마시고 있었다.

그녀의 이름은 〈소오녀〉였다.

소오녀는 엉덩이를 따라 길게 뻗은 꼬리를 지녔는데, 그 끝에는 청화라고 불리는 푸른 불꽃이 피어 있었다.

청화는 소오녀의 감정에 따라 그 크기와 온도가 변화하는 특징을 지닌 불꽃이었다.

그 밖에도 닭과 비슷한 벼슬을 지닌 〈주호〉와 전신에서 찌릿찌릿한 스파크를 뿜어내고 있는 〈데이르크〉.

어린아이 손바닥보다 작은 몸집의 여성 〈릴리〉와 머리 위에 어른 팔뚝만 한 큰 뿔을 지닌 〈청능〉까지, 십여 명이 넘는 존재들이 각자의 개성을 마음껏 뿜어내며 떠들고 있었다.

이들은 모두 준과 같은 머천트들이었다.

"호호! 이렇게 만나는 것도 나쁘지 않은데? 뭐랄까, 마치 인간들이 하는 동창회 같은 기분이야."

기분 좋은 목소리로 웃어 보인 소오녀가 자신의 품에 안긴 마리아의 머리를 쓰다듬었다.

이에 청능이 술이 담긴 호리병을 연신 입으로 가져가며 말했다.

"뭐, 썩 나쁘지는 않네. 술맛도 괜찮고."

"으하하! 그럼 내일도 모이고 또 다음날도 계속 모이자고! 어차피 준비는 준이 하는 게 아닌가? 크하하하!"

"난 쿠키만 잔뜩 있으면 좋아!"

호탕한 웃음의 야타르와 자신의 키만 한 쿠키를 먹고 있는 릴리의 모습에 모두들 입가에 미소를 머금었다.

단 한사람만 빼고 말이다.

짝─

상황을 지켜보고 있던 준이 손바닥을 쳤다.

그러자 야타르의 손에 들린 술과 음식은 물론 소오녀의 찻잔과 청능의 호리병, 릴리의 쿠키까지 모두 사라졌다.

순식간에 파티와 같은 분위기가 깨져 버렸지만, 준은 개의치 않고 말했다.

"노는 건 여기까지. 이러려고 너희들을 초대한 게 아니야."

"뭐야! 이제 막 시작인데."

조금 전까지 호탕한 웃음을 내뱉던 야타르가 퉁명스러운 어조와 함께 준을 째려봤다.

준 또한 피하지 않고 그런 야타르를 쳐다봤다.

싸아아─

순식간에 분위기가 가라앉으며 다른 머천트들이 두 사람의 눈치를 살폈다.

혹시 하는 생각이 그들의 머릿속에 떠올랐지만, 그건 기우에 지나지 않았다.

"쩝."

입맛을 다시며 야타르가 먼저 시선을 돌려 버린 것이다.

그 모습에 준 또한 별다른 말없이 시선을 장내로 돌렸다.

"피차 바쁘니까 길게 설명하지 않을게. 너희들 모두 대충은 알고 있을 테니까. 최근 우리와 계약을 맺은 여행자들 중 다수가 현세에서 계속 죽어 가고 있다는 사실은 알고 있지?"

"아! 그 살해자 말이지? 현세의 여행자들은 그렇게 부르던데?"

대답은 소오녀에게서 흘러나왔다.

준이 고개를 끄덕이며 소오녀의 품에 안겨 있는 마리아를 쳐다봤다.

"맞아. 마리아의 여행자도 그 살해자에게 당했어."

준의 말이 끝나자 주변의 머천트들이 놀랍다는 표정으로 마리아를 쳐다봤다.

청눙이 자신의 뿔을 매만지며 말했다.

"……흐음. 마리아, 네 여행자 레벨이 몇이었지?"

일반적으로 머천트들은 자신의 여행자에 대한 정보를 교류하지 않는다.

이유는 하나.

모든 여행자는 서로 경쟁 대상이었기 때문이다.

다시 말해서 머천트들끼리 자신의 여행자에 대한 정보를 교류하면 교류할수록 본인의 여행자가 위험해질 확률 또한 높았다.

그러나 이미 자신의 여행자가 죽어 버린 상황에서 마리아가 굳이 정보를 숨길 필요가 없었다.

"……6레벨이었어."

"애매하군."

청능은 인상을 찌푸렸고 다른 머천트들은 고개를 끄덕였다.

확실히 6레벨은 애매한 레벨이었다.

낮은 레벨이라 하기도 그렇고, 높은 레벨이라고 보기도 어려웠다.

한번 크게 삐끗하면 언제든 죽을 수 있는 레벨.

뭐든지 어중간한 것이 어려운 법이었다.

"그런데 고작 여행자 하나 죽었다고 우릴 이렇게 부른 거야? 아니면 마리아이기 때문에 특별히 신경을 쓴 건가? 위로라도 해 주기 위해서?"

머천트들의 시선이 목소리가 들려온 방향으로 향했다.

파스스―

전신에서 피어오르는 푸른 전류.

그곳에는 지금까지 침묵으로 일관하던 데이르크가 있었다.

준이 고요한 눈동자로 데이르크를 바라보며 말했다.

"내가 사적인 감정으로 너희들을 불러 모았다고 생각하는 거야?"

"아니라고는 할 수 없지. 적어도 여기 모인 이들 중에서 네가 마리아와 가장 친하다는 건 부정할 수 없는 사실이니까. 그리고 마리아가 이곳에 자주 드나든다는 걸 모르는 머천트가 있을 것 같아?"

대답은 흘러나오지 않았다.

하지만 다들 미약하게나마 고개를 끄덕였다.

"봤지?"

데이르크의 입가에 미소가 생기자 마리아가 소오녀의 품에서 빠져나와 말했다.

"아니야! 준은 단지 모두를 걱정해서 우리를 부른 거라고! 너희들도 여행자가 죽으면 좋을 게 없잖아."

"말은 바로 하자고. 여행자가 죽어서 좋지 않은 건 자신이 관리하는 여행자가 죽었을 경우뿐이야. 솔직히 다른 머천트의 여행자가 죽는다면 경쟁자가 사라진 입장에서는 좋은 일이라고."

"뭐, 그거야 그렇지."

주호가 데이르크의 의견에 동조하며 다시 고개를 끄덕였다.

"틀린 말은 아니네."

소오녀까지 데이르크의 말에 동의하자, 마리아가 울상이 된 얼굴로 그녀를 쳐다봤다.

소오녀가 미안한 표정으로 말했다.

"미안. 하지만 그의 말이 틀린 건 아니니까."

서운한 감정이 들었지만 마리아는 화를 낼 수 없었다.

그녀도 알고 있었다.

지금 이렇게 서로가 모여 있다고 해도 머천트들의 관계는 동맹과 같은 게 아니었다.

모든 머천트들은 자신의 여행자를 끝까지 돌보고 지켜나가야 할 의무가 있었다.

그리고 그 말은 즉, 서로가 서로의 적이라는 말과도 별반 다를 게 없었다.

짝!

바로 그 순간이었다.

상황을 지켜보고 있던 준이 박수를 치며 이목을 끌었다.

그의 표정은 처음과 마찬가지로 무덤덤했다.

"다들 생각이 그렇다면 더 이상 대화를 나눌 필요도 없겠네. 여기서 그만 헤어지자. 아! 그래도 여기까지 왔으니 한 가지 사실을 알려 줄게."

"······?"

"어째서 카잔이 오늘 이 자리에 참석하지 않았을까?"

준의 말이 끝나자 자리에 모인 머천트들이 주변을 둘러봤다.

확실히 준의 말대로 이 자리에는 머천트 카잔이 없었다.

만약 카잔이 평범한 머천트였다면 모두들 준의 말에 콧방귀를 뀌었을 것이다.

하지만 머천트들이 생각하는 카잔의 존재감은 전혀 평범하지 않았다.

이제는 기억도 희미한 아주 먼 옛날.

지금 이 자리에 있는 야타르나 데이르크가 스스로 머천트임을 자각했을 당시에도 카잔은 머천트로 활동하고 있었다.

그리고 그건 준 역시 마찬가지였다.

"……나름 바쁜 일이 있어서겠지."

애써 불길한 느낌을 떨쳐 내며 데이르크가 퉁명스럽게 중얼거렸다.

그러자 준의 입가가 비틀리며 올라갔다.

"정말 그럴까? 내가 알기로 카잔은 지금 꽤 한가한데 말이야."

"무슨 뜻이지?"

"카잔이 담당하던 여행자가 죽었거든."

"……!"

준의 한마디에 모두의 얼굴에 경악이 어렸다.

그들로서는 처음 듣는 사실이었다.

소오녀가 더듬거리며 말했다.

"카, 카잔의 여행자는 레벨이 꽤 높을 텐데?"

"맞아. 13레벨? 어쩌면 15레벨이 되었을지도 모르지."

준이 덤덤한 목소리로 대답했지만 15레벨은 머천트들도 가볍게 대할 수 있는 수준이 아니었다.

이미 인간으로서의 격을 초월한 수준에 가까웠기 때문이다.

15레벨 정도 되는 여행자라면 마음먹기에 따라서 기존의 국가를 멸망시키고 새로운 나라를 세우는 것도 가능했다.

실제로 그들의 기억 속에는 과거 그런 인간들이 여럿 있었다.

인간들 사이에서 그들은 영웅으로 칭송되거나 혹은 폭군으로 군림했던 존재였다.

"설마 카잔의 여행자도 그 살해자라는 녀석한테 당한 건가?"

청능의 질문에 준이 어깨를 으쓱거렸다.

"내가 그것까지 대답해 줄 의무가 있을까? 자, 그럼 오늘 모임은 여기서 끝내자고. 앞으로 이렇게 만나자는 연락도 자제하도록 할게. 그럼, 각자 여행자들 단속 잘하라고."

명백한 축객령.

동시에 준이 손가락을 튕길 자세를 잡았다.

지금 있는 정산의 방은 준의 힘이 가장 충만한 곳이었다.

따라서 그가 원한다면 언제든 다른 머천트들을 그들이 존재하는 정산의 방으로 돌려보낼 수 있었다.

그 뒤에 머천트들이 이곳에 다시 오기 위해서는 힘으로 뚫는 방법밖에 없었다.

하지만 이 자리에서 그게 가능하다고 확신하는 머천트들은 없었다.

"자, 잠깐!"

"기다려!"

"미안, 우리가 잘못했어!"

소오녀, 청능, 야타르가 재빨리 입을 열었다.

마리아가 담당하던 레벨 6의 여행자가 당한 것과 레벨 15의 여행자가 당한 것은 차원이 달랐다.

특히 그 카잔의 여행자라면 두말할 것 없었다.

하나의 정보라도 더 알아내는 것이야말로 자신의 여행자를 지킬 수 있는 것임을 모를 정도로 머천트들은 어리석지 않았다.

스윽―

준의 시선이 데이르크에게 향했다.

자리에 모인 머천트들 중에서 오로지 그만이 대답을 하지 않고 있었다.

"데이르크, 할 말 없으면 이만 돌아가지 그래?"

"……"

"돌아가는 것으로 생각할게."

준이 막 손가락을 튕기기 직전이었다.

파스스―

그의 몸을 감싸던 푸른 전류가 전부 사라졌다.

"……미, 미안하다."

"응?"

"내 말이 너무 과했던 것 같다. 사과한다."

동시에 데이르크가 천천히 고개를 숙였다.

그 모습에 야타르는 물론 다른 머천트들 또한 꽤 놀란 표정을 지었다.

자존심 하나만큼은 머천트들 사이에서 최고라고 불리는 그가 고개까지 숙일 정도라면, 예삿일이 아니었다.

준 또한 그 사실을 알고 있었다.

게다가 이미 분위기는 자신이 원하는 방향으로 넘어온 뒤였다.

"좋아. 그럼, 다시 얘기를 시작하도록 할게. 오늘 너희들을 이 자리에 모이게 한 이유는 하나야."

모두의 시선이 자신에게 집중되자 준이 천천히 모임의 목적을 밝혔다.

"……살해자라는 존재로부터 각 여행자들을 지키기 위해, 난 오늘 이 시간부로 각자 담당하고 있는 여행자들의 일시적인 동맹을 제안하겠어."

몸은 천근만근 무겁고 졸음은 계속 쏟아졌다.

이대로 계속 눈을 감고 있으면 하루가 아니라 이틀, 삼일, 아니 일주일 동안 계속 잠들어 있을 수 있을 것 같았다.

하지만 그래서는 안 됐다.

아직은 내가 해야 할 일들이 남아 있었다.

감겨 있는 눈꺼풀에 애써 힘을 줬다.

얇은 커튼 사이로 들어오는 햇빛에 힘들게 뜬 눈이 가늘어졌다.

"……끄응, 대체 얼마나 잔 거지?"

분명 한낮의 태양이 내리쬐고 있을 때 잠들었다.

그런데 밖의 햇살은 달라진 게 없는 것 같았다.

설마 하는 심정으로 남은 임무 시간을 확인해봤다.

[현재 임무 완료까지 남은 시간은 91시간입니다.]

"이런, 빌어먹을."

남은 임무 시간을 확인하는 순간, 입 밖으로 욕설이 절로 흘러나왔다.

잠깐 휴식을 취하고자 했던 것이 무려 15시간이나 잠들어 있었다.

이제 남은 시간은 고작 4일 정도에 불과했다.

"연락이 온 것도 모르고 잠들었던 건가?"

휴대폰을 확인하니 다수의 부재중 전화와 메시지가 도착해 있었다.

대부분의 연락은 신소윤과 동료 의사인 알렉스에게 온

것들이었다.

신소윤이 보낸 메시지에는 후원과 관련된 계약서를 비롯해서 주의 사항들이 담겨 있었다.

가볍게 훑어보고는 알렉스에게서 온 메시지의 내용을 확인했다.

〈알렉스〉

[데이비드 기뻐해! 방금 들어온 얘기인데 뉴스 오브 더 월드 편집장이 고소를 취하하겠대! 그간 네게 치료를 받았던 환자들이 편집장을 찾아가서 너를 적극 변호했다지 뭐야?

그리고 이미 병원의 징계위원회에서도 이번 일은 크게 문제 삼지 않기로 했다는 말은 들었지? 그러니까 메시지 보는 대로 당장 연락 줘!

이제 더는 주변 사람들의 눈을 피해서 숨을 필요가 없어. 세인트 병원은 네가 필요해!]

뜻밖의 소식이었지만, 좋은 소식임은 분명했다.

"데이비드, 당신 썩 나쁘지 않은 인생을 살았나 보네요. 그렇죠?"

대부분의 환자는 자신을 치료해 준 의사에 대해 기억하지 못한다.

동네 병원, 종합 병원, 대학 병원이 됐든 마찬가지다.

반면 의사의 이름을 기억한다는 것은 그만큼 환자가 절실한 상황에 처한 경험이 있다는 얘기가 된다.

하지만 이렇듯 이름을 기억한다고 해도 의사가 곤란한 상황에 처했을 때 대신 나서 줄 환자가 과연 얼마나 있을까?

보통은 '아, 그래도 그 의사 괜찮은 사람이었는데.' 라는 회상을 하는 것으로 끝낼 것이다.

하지만 이처럼 데이비드를 변호하기 위해 과거의 환자들이 발 벗고 나섰다는 것은 그가 지금까지 살아온 삶이 잘못되지 않았다는 것에 대한 증거였다.

[동기화가 향상되었습니다.]
[현재 동기화는 43%입니다.]

"아!"

동시에 그간 오를 기색을 보이지 않던 동기화가 크게 향상되었다.

모르긴 몰라도 환자들이 자신들을 위해 다양한 노력을 했다는 것에 대해 큰 심적 변화를 겪은 게 분명했다.

"이렇게 되면 앞으로 7%인가?"

애초에 이번 여행의 목적은 동기화 100% 달성이 아니었다. 동기화를 달성하기보다는 내 죽음의 원인과 미래의 정보를 입수하는 쪽으로 초점을 맞췄다.

하지만 그렇다고 해도 최소한 임무 완수와 50% 이상의 동기화는 달성할 계획이었다.

그래야지만 데이비드가 지닌 고유 스킬을 개방해서 정산의 방에서 구매할 수 있기 때문이었다.

"마지막 날은 세인트 병원으로 돌아가서 데이비드와 관련된 인물을 최대한 많이 만나는 게 좋겠어."

다행히 아직 텔레포트 스크롤이 한 장 남아 있기 때문에 언제든 원할 때 그의 집으로 돌아갈 수 있었다.

꼬르륵-

"……밥을 먹고 바로 잤는데. 또 배가 고픈 건가?"

뱃속에서 들리는 소리에 머리를 긁적거렸다.

하긴 15시간을 내리 잤으니, 잠들기 전에 먹은 음식은 진즉 소화됐을 것이다.

저벅- 저벅-

몸을 일으켜 아래층으로 내려가자 향긋하면서도 달달한 냄새가 코끝을 간질였다.

"웅? 보스 일어났어?"

때마침 식빵을 입에 물고 걸음을 옮기던 케빈이 손을 들어 보였다.

냄새의 원인은 케빈이 물고 있던 식빵이었다.

"엄청 자서 배고플 것 같은데. 조금 전에 빵을 좀 사왔는데 먹어 봐. 인근에 있는 빵집인데, 맛이 아주 기가 막히거든."

케빈의 말에 따라 식탁으로 시선을 돌리니, 거짓말을 조금 보태 빵이 산더미처럼 쌓여 있었다.

"저걸 대체 누가 먹어?"

"걱정하실 필요 없습니다. 케빈이 다 먹으니까요. 한 달에 빵 값으로 수백만 원씩 쓰는 인간은 저 녀석밖에 없을 겁니다."

어느 틈에 걸어온 박무봉이 고개를 내저으며 말했다.

"차라리 제과점을 차리는 게 현명할 것 같은데?"

농담이 아니라 진심으로 하는 소리였다.

"그렇지 않아도 그 부분을 고려하고 있습니다."

"……."

박무봉은 정말 진지하게 고민하고 있는 것 같았다.

"그보다 앞으로 어떻게 하실 생각이십니까?"

"응?"

"계획이 있습니까?"

"계획이라……."

쉬지 않고 식빵을 입으로 밀어 넣는 케빈의 뒷모습을 보며 중얼거렸다.

사실 과거가 아닌 미래로 여행을 온 것은 의미하는 바가 달랐기 때문에 나 역시도 상당히 혼란스러웠다.

우선 지금 시점에서 내가 제일 궁금한 것은 한 가지다.

'내가 떠나고 나면 이 세상은 어떻게 되는 것일까?'

과거가 있기 때문에 미래가 있다.

즉 과거가 없는 미래 역시 존재할 수 없다는 말이 된다.

그렇다면 내가 다시 원래의 시간으로 돌아가서 내 죽음을 막는다면, 지금의 미래는 만들어지지 않을 것이다.

그럼 지금의 세상을 살고 있는 사람들은 어떻게 될까?

'혹시 내가 떠나는 시점을 기준으로 이 미래는 멈추는 게 아닐까? 멈춘 상태에서 과거가 바뀔 때마다 하나씩 변해 가는 거라면…….'

가능성은 있지만 확신할 수는 없다.

'어쩌면 지금의 미래는 내가 만날 수 있는 무수히 많은 미래 중의 하나일 수도 있다. 마치 평행세계처럼 말이지.'

평행세계란, 자신이 살고 있는 세계가 아닌 평행선상에 위치한 또 다른 세계를 뜻한다.

쉽게 말해서 평행선 위에 여러 세계가 존재하고 그 세계마다 각기 다른 나, 한정훈이 존재한다는 것이다.

각 세계에서 어떤 한정훈은 지금처럼 시간 여행자의 삶을 살지만, 또 다른 세계에서는 재벌 혹은 평범한 대학생이나 거지로 지낼 수도 있다.

그렇게 생각한다면 지금 내가 온 이 미래는 그 평행세계 중의 하나일 수도 있다.

이 가설이 맞는다면 내가 여행을 끝내도 이 세계의 시간은 멈추지 않고 꾸준하게 흘러갈 것이다.

'물론 이건 어디까지나 평행세계가 존재할 때의 논리야. 이런 일을 겪고 있는 나조차도 평행세계에 대한 확신은 없으니까.'

내가 시간 여행자가 되기 전에도 되고 나서도 평행세계와 타임머신에 대한 소설과 영화는 꾸준히 나오고 있다.

그리고 거기에서 다루는 논리는 실제로 내가 겪는 일들과 유사성이 존재한다.

억제력 혹은 강제성.

억제력이란, 타임머신을 타고 과거로 간 사람이 역사를 바꾸려고 해도 큰 흐름은 바뀌지 않는다는 것이다.

일본인이 임진왜란의 승리를 위해 이순신 장군을 사전에 죽이려고 한다든가, 제2차 세계대전을 막기 위해 히틀러를 암살하는 등의 일을 예로 들 수 있다.

이와 같이 과거로 간 사람이 아무리 역사를 바꾸려고 해도 방법은 다를지언정 결국 결과는 동일하게 발생한다.

실제로 여행자 또한 과거의 큰 틀을 바꾸려는 순간 그의 영혼은 산산조각이 나 버린다.

결국, 능력 있는 여행자라고 해도 역사에 개입은 할 수 있되 큰 틀을 바꾸는 건 불가능했다.

애초에 미국의 쌍둥이 빌딩이 테러로 붕괴된다는 것을

알고 있었음에도 나 또한 막아 내지 못했지 않았던가?

'다만 어느 정도의 개입은 가능하다.'

이산의 경우만 봐도 그렇다.

역사를 바꿀 정도의 일은 아니었지만, 분명 내 행동으로 인해 역사에 없던 기록이 생겼다.

하지만 그 기록 자체는 역사의 큰 흐름이라고 볼 수는 없다.

반면 당시 다른 여행자가 이산을 죽이고자 했었다.

만약 내가 그의 몸에 깃들어 지켜 내지 못했다면 어떻게 됐을까?

당연히 이산을 죽이려고 했던 여행자 또한 죽었겠지만, 후대에 남겨진 이산에 대한 기록은 완전히 뒤바뀌고 말았을 것이다.

역사적인 흐름을 봤을 때 이는 그야말로 대사건에 가까운 일이었다.

지금에 와서 생각해 보면, 수많은 사람들 중에서 내가 이산의 몸으로 들어간 것도 그것을 막기 위해서였을 지도 모른다.

물론, 내가 막지 못했다고 하더라도 어떠한 힘에 의해 역사의 결과는 뒤바뀌지 않았을 가능성이 높다.

바로 강제성에 의해서 말이다.

이런 점을 볼 때 영화나 소설에서 등장하는 논리는 실제와도 비슷하다고 볼 수 있었다.

'······그나마 다행인 점은 나라는 존재가 역사라는 틀에 깊게 개입되지 않았다는 점이야.'

만약 과거에 내가 여행자의 힘을 이용해서 대한민국 혹은 전 세계에서 알 만한 대단한 사람이 되었다면 어땠을까?

역사로 구분 지어질 만한 행동을 했고 그게 이 세계가 중요한 일이라고 판단했다면, 난 내 자신의 죽음을 막을 수 없을지도 모른다.

정말 웃기게도 스스로 죽음을 막으려는 순간 내 영혼이 부서져 버릴 수 있기 때문이다.

그러나 다행스럽게도 나라는 존재는 여행자의 힘을 지녔으면서도 전 세계에서 벌어진 일을 비추어 보면 그리 대단한 녀석은 아니었다.

뭐랄까?

실제로 역사에 족적을 남긴 존재들의 입장에서는 내 죽음과 아프리카에서 죽어 가는 난민의 죽음과 별반 차이가 없다고 해야 할까?

"······표님! 대표님!"

"아! 미안합니다. 방금 뭐라고?"

몸을 흔드는 손길에 뒤늦게 정신을 차리자 걱정 어린 표정을 짓고 있는 박무봉의 표정이 보였다.

"대화하다 말고 갑자기 무슨 생각을 그렇게 하십니까?"

"그냥 이런저런 생각이 떠올라서 말이죠. 그보다 아까 계획에 대해서 물었죠?"

박무봉이 고개를 끄덕였다.

"음. 이런 질문은 처음 하는 것 같은데, 혹시 하고 싶은 일이 있습니까?"

이 세계에서는 이미 내가 죽었다.

그런 마당에 이들에게 KV 그룹이나 베드로의 야망을 저지해 달라는 건, 말도 안 되는 소리였다.

'여기서 정리하는 게 맞다.'

역사를 보면 왕들이 자신을 따른 충신들에게 후사를 부탁하기도 하지만, 그건 대를 이을 자식이 있을 때였다.

그런 상황이 아니라면 왕이 죽을 경우 그를 따랐던 충신들은 대부분 은퇴를 하고 유유자적 살아가기 마련이었다.

애초에 이들을 끌어들여 발을 담그게 한 것도 나였으니, 그 발을 다시 빼게 해 주는 것도 내가 해야 할 일이었다.

물론 녹음 트랙을 남긴 또 다른 나라는 녀석은 그런 것은 신경 쓰지 않은 것 같지만 말이다.

'과거로 인해 미래가 바뀔 수도 있지만, 지금의 미래가 그대로 흘러갈 수 있다면…… 이 두 사람은 앞으로 두 사람의 인생을 살 수 있게 하는 게 옳다.'

닫힌 가능성이 아닌 열린 가능성을 만들어 주고 싶었다.

박무봉이 어렵사리 입을 열었다.

"하고 싶은 일이라…… 갑자기 그런 말을 들으니, 솔직히 당황스럽습니다. 해야 할 일은 항상 대표님께서 제시해 주시지 않았습니까?"

"어렵게 생각할 것 없습니다. 그냥 평범하게 생각해 보세요. 자기 이름으로 된 가게를 내거나 건물주가 되거나, 선생님 혹은 다른 직업을 갖고 살아간다거나. 아! 결혼도 있을 수 있겠네요. 결혼하고 싶은 생각은 없습니까?"

"……."

박무봉이 묘한 표정으로 나를 쳐다봤다.

그를 알고서 처음으로 보는 표정이었다.

탓!

바로 그때 컴퓨터 앞에 있던 케빈이 번개 같은 속도로 뛰어오며 소리쳤다.

"보스! 나부터! 나부터 말할게. 난 하고 싶은 게 엄청 많다고!"

〈13권에 계속〉